빠라끌리또
paráclito

빠라끌리또 3

가프 장편 소설

초판 1쇄 찍은 날 § 2016년 1월 5일
초판 1쇄 펴낸 날 § 2016년 1월 12일

지은이 § 가프
펴낸이 § 서경석

편집책임 § 한준만

펴낸곳 § 도서출판 청어람
등록번호 § 제387-1999-000006호
등록일자 § 1999. 5. 31
어람번호 § 제1-2328호

주소 § 경기도 부천시 원미구 부일로 483번길 40 서경B/D 3F (우) 14640
전화 § 032-656-4452 팩스 § 032-656-4453
http://www.chungeoram.com
E-mail § chungeorambook@daum.net

ISBN 979-11-04-90585-8 04810
ISBN 979-11-04-90549-0 (세트)

paráclito

빠라끌리또

③ 가프 장편소설

도서출판 청어람

paráclito

빠라끌리또

CONTENTS

1장
실마리를 잡다

데이터 오류!

살아가면서 데이터의 마력에 풍덩 빠질 때가 있다. 특히 데이터베이스가 잘 구축되어 있을수록 그렇다.

데이터란 예측을 돕는 역할을 한다. 이러한 접근은 일종의 패턴 인식이다. 경험과 관찰을 패턴으로 모은 것이다.

하지만 맹신하면 곤란하다.

예컨대 수사에 있어 지문의 오류 같은 게 그렇다. 지문은 범죄현장에서 수사관이 찾아낸 지문을 데이터베이스에 저장한 수많은 지문과 일일이 대조해 가장 근사한 것을 찾아낸다. 수학의 최적화 이론을 통한 패턴 인식이 가장 우수하게 이용되는 예라고 할 수 있다. 그런데 최근 미국에서는 지문도 완벽한 증거는 아니라는 사례가 등장하고 있다.

맹신.

이 단어에 완전하게 빠지는 건 곤란하다는 얘기다.

장미 문신이 그랬다.

잘 구축된 전과자들의 데이터베이스를 활용할 수는 있었지만 일반인은 포함되지 않았다. 그렇기에 애당초 크나 큰 핸디캡이 있을 수밖에 없었다. 대개 동종 전과자가 같은 범죄를 저지르는 경우가 있긴 하지만 일반인도 끊임없이 새로이 범죄자에 편입되기 때문이었다.

"장미 문신요?"

불려온 이영우 수사관이 승우를 바라보았다.

"아는 대로 말해봐."

"토막 연쇄살인 때문입니까?"

"신경 쓰지 말고. 그냥 참고하려고 그러는 거야."

"하지만 길태곤은 혐의 없음으로……."

이영우가 고개를 갸웃거렸다.

"혹시 그 친구 문신… 봤나?"

"아뇨. 보려고 했는데 그 인간이 인권이 어쩌고 하며 버티는 바람에……."

"결정적 증거가 없었다?"

"예. 유일한 목격자가 너무 겁을 먹는 바람에 잘 기억을 못

해서……."

"최면 수사까지 동원했었다며?"

"그런데 그게 어느 정도 잘 진행이 되다가도 결정적인 때 헛소리를 하더라구요. 그래서 양 부장님이 그런 걸 가지고 구속해 봤자 법원에서 풀어줄 거라며……."

"그럼 범인은?"

"경찰에 재수사 지시가 내려갔습니다만 증거 보강은 어려운 것으로……."

그쯤에서 승우가 차도형을 바라보았다.

"사건 기록을 뽑아서 가져오겠습니다."

말귀를 알아먹은 차도형이 바로 반응을 했다.

"그러니까 수사관 중에서 아무도 그 사람 문신을 못 봤다?"

승우가 중얼거릴 때 이영우의 입이 다시 열렸다.

"아, 그리고 보니 화장실 청소 아줌마가 본 것 같습니다. 그 인간이 화장실에서 옷을 털고 다시 입었다고 들었거든요."

승우가 돌아보자 차도형이 바로 뛰어나갔다.

"봤어요."

조사실로 불려온 아줌마, 다행히 금세 생각을 해냈다.

"아주 깔끔쟁이더라고요. 경찰에 끌려오면서 옷이 좀 구겨지고 뭐가 묻었나 본데 그걸 벗어서 펴고 털고 하더라고요. 청소하러 들어가려다 수사관들이 제지하길래 기다리고 있었는데 하도 유난을 떨길래 힐금 보게 되었어요."

"문신이 있더란 말이죠?"

"아유, 말도 말아요. 내가 그거 보고 어쩌나 속이 울렁거리던지……."

'속이 울렁?'

"요즘 젊은 사람들이 문신하는 건 좀 보지만 나이도 좀 된 사람이 뭔 문신을 그리 요란하게 했든지… 난 처음에 등짝에서 피를 흘리는 줄 알았다니까요."

피!

아줌마는 피라고 했다.

"피라고요?"

"그만큼 선명했어요. 마치 생피를 발라놓은 것처럼……."

"문신 종류는요?"

"장미요!"

"……?"

"전체를 다 본 건 아니지만 목 부분에는 분명 장미였어요. 꼭 장미 꽃잎 생화를 떼어서 붙여놓은 것 같았다니까요."

생화란다.

대체 얼마나 선명하면 그런 말을 할 수 있는 것일까? 아줌마는 그 말을 끝으로 조사실을 나갔다.

"어떻게 생각해?"

승우가 차도형의 촉을 물었다. 수사는 과학수사로 변해왔다. 하지만 아직도 촉, 이른바 감이 중시되고 있었다. 과학수사만으로 수사를 할 수는 없기 때문이었다.

"검사님. 연쇄살인과 연관이 있는 거로군요?"

차도형에 앞서 이영우가 물었다. 그도 뭔가 느낀 게 있는지 바짝 긴장한 표정이었다.

"조사해 볼 가치는 있는 것 같습니다만……."

그 뒤를 이어지는 차도형의 묵직한 의견.

"이 수사관!"

승우가 이영우를 바라보았다.

"예……."

"그 사건 목격자 말이야, 내가 한 번 볼 수 있을까?"

"검사님이요?"

"그냥… 한 번 보고 싶어서 그래."

"하지만 경찰에서도 조사를 다섯 번 이상 했고 저희도 두 번, 그리고 목격자 최면 수사까지 2회를 하고도 얻은 게 없는 사람인데……."

"부탁해. 오늘 중으로!"

승우가 잘라 말했다.

"오늘 중으로요?"

황당하게 바라보는 이영우를 향해 승우는 고개를 한 번, 딱 한 번 끄덕여 주었다. 무엇보다 단호한 명령이었다.

"검사님!"

승우가 수사본부에서 진행 상황을 점검할 때 나수미가 커피를 내밀었다.

"제가 찐하게 한 잔 탔는데 마시세요."

"땡큐!"

승우는 미소와 함께 잔을 받았다. 전에는 한잔 마시자고 해도 마지못해 타오던 나수미. 하지만 오늘 커피는 그녀의 자발적인 의사가 엿보였다.

승우는 커피를 들고 창가로 다가갔다. 수사반원들은 전화를 받느라 바빴다. 오늘도 여전히 수많은 신고 전화와 장난 전화가 직원들을 직통으로 볶아대고 있었다.

'응?'

밖으로 꽂힌 승우의 눈에 추레한 할머니가 들어왔다. 그녀는 경비원들에 의해 제지된 채 뭐라고 하소연을 하고 있었다. 그 아래에는 큰 유리병이 떨어져 뭔가 흥건하게 흘러나와 있다. 아마 경비원들과 실랑이를 벌이다 놓쳐 버린 모양이었다.

'억울한 일을 하소연하러 온 분인가?'

그런 사람은 많다. 심하면 1인 시위를 하기도 한다.

승우는 남은 커피를 천천히 마셨다. 어쩌면 흔하게 보이는 풍경이었다. 범인이든 피해자든, 혹은 피의자든 가해자든 억울하다는 감정을 가진 사람이 많았다. 특히 부모의 입장에서는 더욱 그랬다.

우리 아들을, 우리 딸은 절대 그럴 사람이 아닌데 상대방이, 혹은 사회나 제도가 그들을 망쳤다. 그러니 선처해 달라. 그들의 읍소를 대표하는 내용이었다.

잠시 바람이라도 쐴까하고 창을 여는데 문득 승우 이름이 들려왔다.

"아이고, 그 양반들. 거 송승우 검사님에게 인사 좀 드린다는데 왜 이렇게 야박하게……."

할머니는 야속한 눈빛을 하며 병을 수습했다.

"이봐요!"

승우가 창틈으로 경비원들을 불렀다.

"송 검사님!"

"무슨 일이죠?"

"아, 그게 말입니다."

"나 찾아오신 분인가요?"

"예. 그렇긴 한데……."

"데려오세요."

그 말에 할머니가 고개를 파뜩 들었다. 그 얼굴을 보는 순간 승우의 뇌리에 귀신 하나가 스쳐 갔다.

옥상에서 보았던 아기를 안은 여고생 귀신… 그녀의 얼굴이 할머니의 얼굴에 희미하게 박혀 있는 것이다.

"제가 애란이 할미 되는 사람입니다."

씨는 못 속인다. 할머니는 애란이의 조모였다.

"여긴 어떻게?"

승우는 휴게실에서 할머니를 맞았다.

"우선 인사부터……."

할머니는 다짜고짜 두 손을 모아 올리더니 승우에게 큰절을 올렸다.

"할머니, 왜 이러십니까?"

놀란 승우가 할머니를 일으켜 세웠다.

"우리 애란이가 꿈속에 나타났지 뭡니까? 그것도 세 번이나……."

할머니의 눈이 붉어지기 시작했다.

"꿈?"

"이승에서 한을 풀고 좋은 곳으로 가니까 이제 걱정 말래요. 송승우 검사님이 범인 잡아줘서 억울한 마음이 풀렸다고……."

할머니의 눈에서 마른 눈물이 흘러내렸다.

인사를 하러 온 모양이었다.

보아하니 본인도 관절이 심하게 상해 걸음도 제대로 못 걷는 노인. 그런데 굳이 인사라니…….

"마땅히 할 일을 한 것뿐입니다. 겨우 그걸 가지고 여기까지 오셨단 말입니까?"

승우는 할머니를 일으켜 세웠다.

"겨우 그거라뇨? 손녀 딸 앞세우고 지금까지 잠 한 번 편하게 잔 적 없습니다. 온갖 데 찾아다니며 용하다는 점쟁이나 무당에게 물어보니 억울하게 죽어서 이승을 헤매고 있다는데 잠이 오나요? 경찰서에 가서 말해봤자 믿어주지도 않고……."

"할머니……."

"고맙습니다. 진정 고맙습니다. 검사님!"

할머니는 나무뿌리처럼 마른 손을 내밀어 승우의 손을 잡았다. 승우의 가슴이 뭉클해졌다.

"이거 우리 옆집 내 친구 할망구한테 받은 지리산에 사는 아들이 보냈다는 말벌 술인데……. 검사님 드리려고 얻어왔는데 글쎄 이 모양이……."

할머니가 병을 들어 보였다. 병은 엎어지는 통에 남은 게 별로 없었다.

"이리 주세요."

승우가 손을 내밀었다.

"아이고, 안 됩니다. 내가 그 할망구에게 가서 다른 거 없나 물어보고 새로 가져올게요."

"아뇨. 검사는 술 마시면 안 됩니다. 이 정도만 해도 충분하니까 더 마음 쓰지 마세요."

승우는 바닥에 조금 남은 걸 그대로 마셔 버렸다.

"어, 좋네요. 요즘 사건 때문에 몸이 피로했는데 싹 가시는데요?"

"정말… 인가요?"

"네. 그러니까 저한테 마음 쓰지 마시고 할머니 몸이나 챙기세요. 애란이도 그렇게 말하던걸요."

"우리 애란이가요?"

"제 꿈에도 나타났답니다. 억울하니까 범인 잡아달라고… 그래서 그 범인도 잡을 수 있었습니다."

"아이고, 애란아, 이것아!"

할머니의 억장이 다시 한 번 무너졌다.

"나수미 씨!"

승우는 나수미를 불렀다.

"차량 한 대 배정해서 할머니 집까지 모셔드려요."

"아이고, 아닙니다. 이 늙은이가 뭘 잘했다고 차입니까? 저는 그냥 가도 됩니다."

할머니는 극구 손사래를 쳤다.

그래도 차량은 배정되었다. 승우의 완곡한 지시였다.

"검사님, 정말 고맙습니다. 복 받으실 거예요."

할머니는 차에 타고서도 쉴 새 없이 인사를 해왔다.

"검사님!"

차량이 멀어지자 나수미가 승우를 돌아보았다.

"응?"

그렇게 말하며 돌아보는 승우에게 나수미가 엄지를 세워 보였다.

그녀의 마음도 어느새 승우를 향해 활짝 열리고 있었다.

＊　　　＊　　　＊

늦은 밤, 승우는 자료실로 들어갔다. 곧 여대생 살인 사건의 유일한 목격자가 도착할 예정. 그사이에 민민을 체크할 생각이었다.

탁!

안으로 들어선 승우는 불을 껐다. 그리고 습관적으로 머리카락으로 손을 가져갔다. 그때, 승우의 시선에 민민이 들어왔다.

'아, 이제 머리카락은 안 뽑아도 된댔지?'

승우는 담담한 미소를 지었다.

민민은 아직도 그대로였다. 흡사 탈진한 사람이 쭉 뻗은 모습 같았다. 완전히 소멸된 것은 물론 아니지만 어쩐지 불안해 보이는 모습… 승우는 호흡을 가다듬은 다음 민민에게 맑은 영기를 불어넣었다.

"후웁!"

세 번쯤 했을까? 민민의 몸이 조금 더 선명해졌다 싶을 때 조사실 문이 열렸다.

"검사님!"

차도형이었다.

"어, 왜?"

"불은 왜 안 켜시고……."

"응? 켰는데 저절로 꺼졌네. 고장이었나?"

승우는 아무 일 없는 듯 손을 내밀어 스위치를 눌렀다.

"혹시 좀 쉬시려면 제가 자리를 마련하겠습니다."

"그런데 있으면 차 수사관이나 좀 쉬고 와. 눈이 그게 뭐야?"

"그러는 검사님 눈은 뭐 초롱거리는 줄 아십니까? 완전 처녀귀신 삘인데……."

"뭐야?"

"조크입니다. 뭐 그런 느낌이 전혀 없는 것도 아니지만……."

"그나저나 왜?"

"아, 그 목격자 말입니다. 방금 도착했습니다."

"몇 번 방이야?"

"그게, 검사님 피곤하시면 제가 나 수사관과 함께 조사를……."

차도형이 말했다. 나수미를 엮어 넣은 건 목격자가 여자이기 때문이었다.

"난 안 피곤하니까 차 수사관이나 찜질방 같은 데 가서 두어 시간 누웠다 와. 누가 찾으면 내가 출장 보냈다고 할 테니까."

승우는 차도형의 어깨를 툭 쳐 주고 복도로 나왔다.

목격자는 첫인상에도 좀 유약해 보이는 인상이었다.
몇 달 전에 발생한 여대생 살인 사건의 유일한 목격자. 하지만 그때 받은 충격이 커서 심리치료를 받는데다 범인의 인상착의를 횡설수설하고 있어 수사에는 큰 도움이 못 된다는 결론을 내린 상태.
조사실에는 승우 혼자 들어가기로 했다. 대신 나수미를 참관실로 보내 조사 과정을 녹화하라고 시켰다. 강압수사 등에 대한 우려를 방지하기 위해서였다.
"……!"
조사실에 들어서던 승우, 두 발을 다 들여놓기도 전에 주춤거렸다.
촉이 왔다. 분명한 영기였다.
목격자를 데려온 두 형사가 인사를 하고 나가는 동안에도 승우의 눈은 목격자에게 꽂혀 있었다.
보였다.
아주 허접한 영기. 승우의 시선을 받은 영기도 놀랐는지 꿈틀 움직였다. 바로 목격자의 머리 부위였다. 반사적으로 민민을 바라보는 승우. 하지만 민민은 여전히 잠든 상태. 코끼리 생각이 난 승우는 참관실의 나수미에게 신호를 보냈다.
녹화 중지!

승우의 지시를 받은 나수미는 잠시 망설이다 정지 버튼을 눌렀다. 원래는 이래서는 안 되는 상황. 그러나 사실은 수사에 따라 일어나기도 하는 상황. 나수미는 승우를 믿어보기로 했다.

그사이에 승우는 음산한 영기를 향해 다가섰다. 홀쩍 달아오른 승우에게서 퉁퉁 영력이 튕겨져 나왔다.

깨에!

목격자의 머리를 감싼 영기가 연기처럼 꼬이며 몸부림을 치는 게 보였다. 영기는 목격자를 조종해 승우에게 대항하려 했지만 그 힘이 미약했다.

결국 승우의 힘에 밀린 영기는 몸부림을 치며 떨어져 나갔다.

끼에에!

영기는 작은 악령으로 변하더니 기괴한 곡선을 그리며 창문 밖으로 날아갔다. 코끼리는 꺼내볼 틈도 없었다. 동시에, 우뚝 서 있던 목격자가 맥없이 쓰러져 버렸다.

승우는 목격자를 일으켜 의자에 앉히며 신호를 보냈다.

녹화 개시!

"정신이 듭니까?"

정신이 든 그녀에게 승우가 물을 건넸다.

"여긴?"

목격자는 자기가 있는 곳을 망각한 듯 계속 두리번거렸다.

"검찰 조사실입니다. 여대생 살인 사건 있잖습니까? 이영순 씨 도움이 필요해서 다시 모셨습니다만……."

"여대생 살인 사건요?"

대답하는 목격자의 눈동자가 떨리기 시작했다.

"그동안 몸이 불편했었죠? 특히 머리."

"네……."

"뭔가 엉뚱한 힘이 몸과 마음을 조종하는 것도 같고……."

"네……."

"병원에 가도 별 이상이 없다고 하고……."

"어떻게 아셨어요?"

"충격 때문이었는데 이젠 괜찮을 겁니다."

"……?"

여자는 불안한 시선으로 손과 발을 바라보았다. 이어 주변을 돌아보고는 몸을 움직여 보는 목격자.

"정말 그러네요. 그동안 뭔가 불안하고 답답하던 게 싹……."

목격자는 영 신기한 표정을 지었다.

"그러니 이제 수사에 협조를……."

"수사?"

"여대생 살인 사건 말입니다. 보신 대로 말해주시면 돼요."

승우, 의자를 당겨 앉으며 편안한 목소리를 쏟아냈다.

"여대생 살인 사건……?"

혼자 중얼거리던 목격자. 기억 속의 과거를 가까이 당기나 싶더니 두 눈이 불규칙하게 뒤룩거렸다. 그러다 별안간 동작을 멈췄다.

이윽고 이어지는 깍아지르는 듯한 비명 소리 하나.

"까아악!"

목청이 찢어지는 듯한 목소리가 조사실을 흔들었다.

'제정신이 돌아왔군.'

비명에 놀라 조사실로 달려온 나수미와는 달리 승우는 회심의 미소를 머금고 있었다. 빙의로 가려놓은 목격자의 기억.

누구의 짓일까?

그녀가 본 건 무엇이었을까?

*   *   *

"그러니까……."

겨우 말문을 연 목격자는 몇 번이고 주변을 확인했다. 그리고 속절없는 불안에 허둥거렸다. 빙의된 영기는 사라졌지만 공포가 남은 모양이었다.

"나 수사관!"

승우는 조사실의 조명을 최대로 밝게 해주었다. 환한 세상, 그것만큼 마음이 놓이는 일도 드므니까.

"제 말을 믿으세요. 이제 아무 일 없을 겁니다."

승우는 잔잔한 말로 그녀를 안심시켰다.

"정말… 그럴까요?"

"네. 아마 악몽 뒤에 또 다른 악몽을 꾸신 것 같습니다."

"악몽 뒤의 악몽… 정말 그런 거 같네요."

그녀가 고개를 끄덕일 때 나수미가 커피를 타왔다. 목격자가 커피를 좋아한다는 조사 자료를 본 것이다. 천천히 커피를 들이켠 목격자. 몇 번이고 두 손으로 잔의 온기를 느껴보더니 겨우 말을 이어나갔다.

"회사에서 회식을 하고 돌아가던 길이었어요."

승우, 온몸의 신경을 목격자에게 집중하기 시작했다.

혼자 사는 이영순.

직장 동료 네 명과 뭉쳐서 술을 마셨다. 원래 나름 음주를 즐기는 편이라 소맥으로 시작해 입가심 호프 2차로 끝을 맺었다.

택시를 타고 가던 중 갑자기 소변이 보고 싶어졌다. 맥주 때문이었다. 참을까 싶었지만 한 번 신호를 보낸 오줌보는 강물이 들어찬 듯 이영순을 압박했다.

하필이면 거기서 차를 세웠다. 길태곤이 범행을 저지르는 으슥한 장소였다. 작은 웅덩이가 가까운 공터. 마음에 드는 곳은 아니었지만 소변을 쌀 판이니 어쩔 수가 없었다.

'어휴, 쌀 뻔했어.'

듬성듬성 자란 잡초들 사이에 몸을 숨기고 아찔하게 방광을 비워낸 그녀. 부르르 몸을 떨며 원초적 불안에서 벗어났다.

하지만 그녀에게 있어 그곳은 더 큰 공포와 불안의 시작에 불과했다.

완전히 외진 곳은 아니었지만 주택과의 거리가 약간 떨어진 곳. 옷을 마무리하고 일어서려는데 엄청난 두려움이 엄습해 왔다. 단숨에 다리가 풀린 그녀는 곤두선 머리카락을 한 채 고개를 들었다.

저만치 안쪽.

숲으로 이어지는 배수로 앞.

공포의 진원지는 그곳이었다. 가로등불이 잘린 곳이지만 검푸른 야광이 맹렬하게 터져 나왔다. 거기서 돌아서야 했다. 그런데 이영순은 귀신에 홀린 듯 그곳으로 다가갔다.

불안하면서도 치명적인 호기심에 이끌린 것이다.

"……!"

이영순은 보았다. 아직 숨이 붙은 채 반듯이 누워 있는 여대생. 길태곤이 옷을 벗기는 데도 얌전히 아무 반응하지 않는 여대생을.

그녀는 마치 성스러운 의식을 앞두고 선택된 희생물 같았다고 했다. 길태곤은 상의를 벗은 상태로 그녀를 타고 앉아 성폭행을 했다.

쾌락을 즐기는 표정이 기괴했다. 길태곤이 움직일 때마다 야수의 신음 같은 게 바람을 타고 번져 나왔다.

끄에에!

뿌에에!

흡사 메아리에 재갈을 물려 비트는 소리. 영혼을 쥐어짜는 그 소리에 이영순은 자리에 주저앉고 말았다. 죽을힘을 다해 기를 썼지만 일어설 수가 없었단다. 하지만 그녀의 경악은 정작 그때부터였다.

쌔에에!

심장을 긁어대는 기이한 소리. 마치 영혼을 뒤틀고 할퀴는 듯한 소리가 허공을 장악했다. 그러더니 하얗게 드러난 여대생의 몸뚱이가 꿀럭거리기 시작했다. 그러기를 얼마, 여대생의 목에서 울컥 피가 뿜어져 나왔다. 어찌나 선명하든지 빨간 무지개 같았단다.

그 피는 길태곤의 등에 이슬비처럼 뿌려졌다. 길태곤의 등은 마치 광을 낸 금속처럼 찬란한 붉은 빛이 더해갔다.

그 과정이 끝나자 이상한 액체들이 다투어 삐져나와 길태곤의 입으로 빨려들기 시작했다.

피가 아니었다.

살점도 아니었다.

그건 진기, 말하자면 여대생의 엑기스였다.

한 번 시작된 융해는 가속도가 붙었다. 여대생의 입은 마치 성난 분화구처럼 생기를 토해냈다. 이영순은 결국 비명을 내고 말았다.

참고 참았던 그것이 공포의 극한에 이르자 자신도 모르게 목을 넘어와 버린 것이다.

까악!

입을 막았지만 소용이 없었다.

"……!"

"……?"

여대생의 진기를 흡수하던 길태곤과 얼떨결에 그 광경을 목격한 이영순. 그만 눈이 마주치고 말았다.

그때의 그 오싹함은 어떤 생지옥과도 비교할 게 아니었단다. 피가 그 자리에서 얼어붙는 공포였단다.

진기 흡수를 중지한 길태곤이 일어섰다. 희미한 달빛을 등진 그가 이영순에게 다가왔다. 도망가야 했는데 다리가 움직이지 않았다.

지척까지 다가온 그가 가만히 손을 들었다. 그 손길을 따라 숲에서 음산한 빛 하나가 다가왔다. 길태곤이 그 빛에게 뭐라 지시를 내렸다.

빛은 이영순의 머리를 헤집고 들어왔다. 녹아드는 듯, 파고드는 듯…….

우웅우웅!

세상이 저물었다.

의식이 저물었다.

이영순은 눈을 뜬 채 혼절하고 말았다. 조금 전에 비워낸 방광이 저절로 열려 오줌까지 질펀하게 지리며.

깨어났을 때 그녀는 집에 있었다. 아무것도 생각나지 않았다. 그저 머리가 아프고 가슴이 답답할 뿐이었다. 두려움과 공포가 피부에 저장된 듯 속절없이 팔딱거릴 뿐이었다.

몸살인가 싶었지만, 그건 명백히 아니었다.

악몽? 그런 것 같았다.

이유가 어쨌거나 어제까지의 그녀가 아니었다.

그러다 여대생 살인 사건의 목격자로 지목이 되었다.

길태곤은 그 직후에 여대생을 배수로에 던져 버렸다. 사체는 배수로를 타고 내려가다 나흘 후에 발견되었다. 경찰은 최초 살인 현장을 찾아냈고, 그 근처에서 이영순의 사소한 소지품을 발견했다.

탐문 끝에 이영순을 내려준 택시기사가 나왔고, 용의자를 거쳐 유일한 목격자가 되었다.

하지만 이영순의 입에서 이런 말은 나오지 않았다. 이미 조서에서 확인한 것처럼 그녀의 목격담은 한마디로 횡설수설이었다.

처음에는 생각이 안 난다였고 다음에는 범인을 보긴 했는데 여자 같았다, 아니다 남자였다. 더 나아가 귀신이 사람을 생주스로 만들어먹는 걸 봤다까지 나왔다. 도무지 신빙성을 인정할 수 없었다.

마지막으로 동원된 최면 수사에서는, 조금 달랐다.

최면 수사!

과학수사기법이다.

혹자는 비과학적인 것으로 알 수도 있겠으나 경찰청이 발표한 과학수사규칙에 '법최면'이라는 항목이 엄연히 들어 있다. 정식 수사기법으로 공인이 된 것이다.

최면 수사는 의식과 무의식의 중간 상태를 유지하면서 기 인식된 기억을 또렷하게 해주는 과정이다. 물증이 없어 기억에만 의존해야 할 때 수사진이 기대는 마지막 보루가 되기도 한다.

이 최면 검사에도 장단점이 존재한다.

이성적이고 논리적인 성향의 사람에게는 효과가 크지 않다는 점이다. 하지만 감성적이고 상상력이 풍부한 사람이라면 좋은 효과를 내기도 한다.

법최면은 사건 당시의 정확한 기억을 살려내는 게 관건이다. 이러한 최면 수사를 통해 얻어낸 진술은 법적 효력은 없다. 다만 범인의 인상착의, 차량 번호, 범행 장소나 시간 등의 단서를 찾아내는 데는 꽤 의미가 있었다.

이영순은, 처음에는 최면 수사에 잘 반응했다. 하지만 결정적 구간에서 뒤틀렸다. 그녀는 아련하게 현장을 기억하고 있었지만, 그걸 말하려고 하면 자신을 차지한 무엇이 그것을 막았다.

특히 길태곤과 관련된 건 전부 그랬단다. 그랬기에 그녀는 길태곤과 최종 대질을 하고도 고개를 저었다.

악령에 빙의가 된 그녀, 악령의 지배를 받고 있었으니 별수 없는 일이었다. 검찰로서도 길태곤을 용의자에서 제외할 수밖에 없는 일이었다.

"나 수사관!"

그녀의 말을 들은 승우가 나수미에게 눈짓을 했다. 나수미가 승우에게 길태곤 사진을 건네주었다. 승우는 그 사진을 테이블에 엎었다.

그리고 천천히… 아주 천천히 사진을 깠다. 이영순이 적응할 시간을 준 것이다.

"그 사람 맞아요."

사진을 본 이영순은 바로 고개를 끄덕였다. 여전히 공포에 쩐 모습이지만 숭고한 사명감 같은 게 느껴졌다.

기본적으로 그녀의 사고방식이 바른 까닭이었다.

사무실로 돌아온 승우는 여대생 살해 서류를 열람했다. 부검 결과가 눈에 꽂혀왔다.

―원인 미상의 압력으로 입 부근이 살짝 뒤틀림.
―원인 미상의 압박으로 일부 뼈가 휘어 있음.

다른 것은 보지 않았다.

이제 퍼즐조각 몇 개를 모아들었다. 아직 전체 윤곽이 드러나지는 않았지만 아주 유의미한 일이었다.

거기에 승우가 확보한 네 구의 사체!

승우의 머리가 톱니를 물고 정교하게 돌기 시작했다.

범인은 40대로 장미 문신을 한 남자.

네 희생자 중의 하나는 문신사. 그 문신사가 장미 문신을 해준 길태곤.

길태곤이 기괴한 방법으로 죽인 여대생. 길태곤이 유력 목격자를 빙의시킨 것으로 추측!

잠정 결론…….

'길태곤은 최소한 빙의된, 강력한 악령의 조종을 받는 인간!'

윤곽은 잡혔다. 하지만 누구에게도 말할 수 없는 일. 만약 승우의 판단이 사실이라면 이 일은 승우 자신의 힘으로 해결해야 할 일이었다.

그러쥔 승우의 손이 파르르 떨었다.

그 이마에 송글 맺힌 땀방울이,

툭!

승우의 손등에 떨어졌다.

*　　　*　　　*

성명 : 길태곤.

나이 : 43세.   혼인 : 미혼.

학력 : 대졸.   직업 : 발효액 판매업자.

전과 : 없음.   성향 : 성실하고 소박함.

특징 : 미남에 호남, 주변 평판 좋음.

직원들이 다 퇴근한 사무실, 혼자 남은 승우는 화면에서 깜박거리는 길태곤의 신상을 보고 있었다.

성실하고 소박함. 거기다 호남.

승우는 그 평가를 곱씹었다. 성실하다. 소박하다. 일단의 주변 평가로 보아 그는 범죄와 거리가 멀었다. 이른바 법 없이도 살 사람이었다.

승우는 범죄백서를 넘겼다. 이어 FBI 수사철도 넘겼다. 연쇄살인이라면 적어도 미국의 자료가 압도적이었다. 참혹한 사건이 많다는 건 부러운 일이 아니었지만 자료만은 참고가 되었다.

그걸 뒤지다 재미난 분석을 만났다.

연쇄살인. 여기에는 몇 가지 요소들이 있었다. 그중 가장 공통적인 건 심각한 성도착 증세였다. 따라서 일각에서는 연쇄살인과 성적 요소를 한데 묶는 경향도 있었다.

그런데 그런 성적 동기가 있고 그런 살인을 저질렀다 하더라도 연쇄살인범의 범주에 들지 않는 사람들이 있었다. 바로 딱 한 번 범죄를 저지르고 체포된 경우다.

길태곤이 이번 용의자 리스트에 오르지 않은 것과도 같았다. 여러 정황으로 보아 그는 마땅히 제1선의 수사선상에 올라야 했지만 전과가 없었다. 이 또한 데이터의 맹점이 아닐 수 없었다.

"송 검사!"

자료에 몰두할 때 문이 열렸다. 빼꼼 들여다본 건 김혁이었다. 옆에는 작년에 임용된 마상희 검사도 보였다.

"아직 퇴근 안 했어?"

승우는 자료를 내려놓고 화답했다.

"그러는 송 검사는? 오늘도 밤샘이야?"

"사건이 웬만큼 헝클어졌어야 말이지."

"나도 대충 듣고는 있어. 그래도 조금씩 진전이 있는 눈치던데?"

"이승준 사건은? 대검에 다 넘겼어?"

"그 양반들 수준에 맞추려면 한이 있나? 잘 협조해 줬더니 이젠 없는 자료까지 만들어내라네. 뭐 감추는 게 있는 것 같다나?"

"누가 그래?"

승우의 목소리에 감정이 실렸다. 이승준 사건은 애당초 승우가 단초를 준 일. 그걸 계기로 김혁과 공감이 선 까닭인지

동지 정신이 앞섰다.

"맞아. 송 검사님은 검찰청 직원들 약점을 주르륵 꿰고 계시다면서요? 그 사람들, 넌지시 제지 좀 해주세요. 아예 우리를 범죄자 취급한다니까요."

옆에 있던 마상희가 볼멘소리를 냈다. 김혁을 도와 함께 고생하고 있으니 그럴 만도 했다.

"바쁜 송 검사한테 무슨 소리야? 게다가 송 검사가 무슨 마담뚜야? 우리가 몇 번 더 비위 맞추면 될 걸 가지고……."

김혁은 바로 마상희에게 주의를 주었다.

"연쇄살인 자료야? 필요하면 내가 정리한 게 있는데 줄까?"

책상 위를 힐금 바라본 김혁이 물었다.

"말은 고맙지만 자료 보니까 머리가 더 아파."

승우는 고개를 저었다.

"그럴 거야. 이론이라는 게 실전과 합쳐지지 않으면 겉돌게 마련이거든."

"하핫, 역시 베테랑은 다르군."

"베테랑은 무슨… 나도 이제 겨우 감을 잡는 마당에. 그나저나 이번 사건, 사이코패스인 거 같아? 아니면 정신병자인 거 같아?"

사이코패스와 정신병자.

어쩌면 종이 한 장 차이일 수도 있다. 그 정의 또한 승우가 모르는 바가 아니었다. 그럼에도 승우는 대답하지 못했다.

길태곤의 목격자 때문이었다. 두 구의 사체, 그러니까 산에서 발견된 마지막 사체와 양 부장이 맡았던 여대생 사건의 사체······.

두개골이 눌렸다. 이강순 만큼은 아니지만 그런 유형으로 볼 수 있었다.

사이코패스를 의심할만 하지만, 단순히 사이코패스라면 사람을 그렇게 죽일 수는 없었다. 승우의 뇌리에는 엑소시즘과 엑토플라즘이라는 단어가 자꾸 스쳐 갔다.

"아무튼 선방하고 있어. 빨리 마무리하고 합류할 테니까."

"오케이!"

승우는 김혁과 마상희를 보냈다.

열한 시가 넘은 시간, 승우는 길태곤의 조사 서류를 만지작거렸다. 영장은 아직 청구하지 않았다. 여러 가지 생각이 많기 때문이었다.

길태곤의 사진과 시선이 닿았다.

선량하다. 웃는 모습은 아무런 사심이 없어 보인다. 누구라도 그가 손을 내밀면 잡을 것만 같았다. 그렇게 여자들을 유인한 걸까? 천사의 탈을 쓰고 동정심이라도 유발하며?

그럴 수 있었다. 그렇기에 앞선 희생자들은 목격자도 증거도 없었다. 오죽하면 풍화를 거듭한 후에야 승우에게 발견이 되었을까?

'민민……'

승우의 시선이 손목으로 옮겨갔다. 금세라도 일어나 '밍글라바' 하며 웃을 것만 같은 민민……. 깨어나기만 하면 큰 도움을 주겠지만 그렇다고 검사된 체면에 그것만 기대할 수는 없는 노릇이었다.

부릉!

승우, 결국 홀로 자가용에 시동을 걸고 말았다.

상대는 유력한 용의자!

영장을 청구해서 경찰에 구속을 지시하거나 수사관과 함께 가야 하는 게 원칙이라는 건 알고 있었다.

어떤 검사도 매사 범인 체포나 사건 해결에 스스로 임하지는 않는다. 검사는 지휘하고 판단하는 사람이지 몸으로 집행하는 사람이 아니기 때문이었다.

하지만 이 일은 승우의 체크가 필요했다. 그렇지 않고 영장을 청구하면, 혹 발급된다고 해도 양 부장 꼴이 날 확률이 높았다. 증거불충분 영장 반려…….

더구나 최근 법원의 경향이 그랬다.

이래저래 민민이 아쉬웠다. 하지만 동원된 검경이 얼마인가? 국민들의 관심이 얼마인가? 그러니 민민이 깨어나기 전에 직접 보기라도 하면, 다음 행동을 취하는 데 도움이 될 것 같았다.

끼익!

승우의 차는 한적한 공터에서 멈췄다.

자정이 가까운 시간이라 인적은 거의 없었다. 작은 진입로를 따라 이어지는 길태곤의 집 앞 도로. 큰 길이 지척이면서도 다소 한갓진 느낌이 들었다.

서류를 보면, 경찰은 이 집을 한 차례 수색했었다. 특별한 성과는 없었다. 범행에 쓰임직한 흉기도 없었고 혈흔 같은 것도 나오지 않았다.

가로등은 사적(私的)으로 단 등이었다. 주변은 조금 음산한 분위기와 더불어 어두침침했다. 막 진입로에 들어서는데,

'웃!'

승우가 움찔거렸다. 사방에서 영기가 감지된 것이다.

"……?"

승우는 알았다. 길태곤의 집이 예사롭지 않다는 것을. 가만히 정신을 모으니 영기의 핵심은 숲이나 주변이 아니었다. 길태곤의 간이 창고 쪽이었다.

창고는 제법 규모가 컸다. 그걸 보며 작은 다리를 건널 때 숲에서 네 개의 눈동자가 불을 흘리며 튀어나왔다.

"……!"

개였다. 커다란 개들이 승우를 보고 다가왔다. 유기견 같았는데 사람에게 반감이 있는지 콧등을 우묵하게 구기며 흰 이빨을 드러냈다.

'후웁!'

승우는 싸아한 영기를 후끈 내뿜었다. 귀신을 본다는 개. 그 개들은 어떻게 반응하는지 알고 싶었다.

반응은 오래지 않아 나왔다. 개들이 꼬리를 내리고 돌아선 것이다.

길태곤의 집이 가까워지자 살갗이 따가워졌다. 머리카락조차 흔들리지 않으니 바람은 아니었다. 길태곤의 집에서 나오는 음기가 매섭도록 사나운 것이다.

쭈뼛!

송연해지는 모골을 진정시키며 소리 없이 창고 뒤로 돌았다. 기약 없는 곳에서 죽음의 냄새가 맹렬하게 끼쳐 왔다. 어딜까? 돌아보니 숲은 무섭도록 어둡고 깊었다.

고개를 돌려 빛이 새어 나오는 창고 안을 넘겨보았다. 발효액은 많았다. 눈에 보이는 것만 해도 한 차는 될 것 같았다.

길태곤은 그 안에 있었다. 많은 드럼통을 관리하고 있었다. 그러다 문득 그가 창을 돌아보았다. 승우는 얼른 고개를 움츠렸다.

봤을까?

후웅후웅!

긴장감과 함께 승우의 영기도 저절로 증폭해 올랐다. 자꾸 솟아올랐다.

'뒤?'

불현듯 뭔가 있다고 느낀 승우가 본능적으로 고개를 돌렸다.

"……!"

한순간 숨이 멎는 것 같았다. 어둠을 등지고 버티고 선 사람. 길태곤이었다. 길태곤… 대체 언제 나온 걸까?

"뭡니까?"

싸아한 기운을 내쏘며 길태곤이 물었다. 겉으로는 한없이 소박한 미소. 그러나 안으로 감춰진 음산하고 서늘한 기운을 승우는 온몸으로 느낄 수 있었다.

길태곤! 송승우!

둘은 그렇게 다시 만났다.

2장

깨어난 민민

"뭐냐고 묻지 않습니까?"

길태곤이 다시 물었다.

"아, 그게……."

승우는 잠시 고민했다.

영장은 없었다. 그렇다고 방법이 없는 건 아니었다. 긴급 체포 카드가 있었기 때문이었다. 어차피 부딪칠 일, 그냥 이렇게 한 번 털어봐?

마음을 저울질할 때 길태곤이 엉뚱한 말을 내놓았다.

"발효액 때문에 오셨습니까?"

발효액!

창고 안에 가득한 걸 보고도 깜박하고 있었다. 그만큼 승우도 긴장하고 있다는 반증이었다.

"아, 예……."

승우가 한발 늦게 그 말을 받았다.

"좀 늦긴 하셨는데… 어떤 발효액을 원하시는지요?"

"그게… 피로에 좋은……."

"그렇다면 매실액도 좋고 백야초도 좋지요. 얼마나 필요하신지요? 작은 거 한 병에 3만 원부터 팔고 있습니다."

"그럼 우선 한 병만……."

"죄송하지만 잠깐 기다려 주시기 바랍니다."

길태곤은 공손한 인사를 남기고 창고로 들어갔다.

'악령……'

그의 뒤통수를 봐도 변함은 없었다.

사람에게서 느끼는 그것과는 달리 아주 생소했다. 하지만 목격자에게 달라붙었던 영기와는 수준이 달랐다. 어느 한군데서 명쾌하게 보이는 게 아니라 전체적인 느낌으로 다가오는 것이다.

말하자면 길태곤과 완전한 동화를 이루었다는 뜻.

'나를 못 알아본 걸까?'

또 다른 고민이 갈래를 쳤다. 이미 검찰청에서 한 차례 스쳐 지나간 사이. 그때 그는 승우를 향해 웃었었다.

그가 먼저 인식하고 있는 걸까? 승우를?

아쉽게도 그 속까지는 알 수 없는 일이었다.

'만약 알고도 모른 척하는 거라면……'

아주 좋지 않았다. 그렇게 되면 도주의 위험도 있었다.

'별수 없군. 죽이 되든 밥이 되든 부딪치는 수밖에.'

승우는 결국 결단을 내렸다. 민민이 없지만 붙어볼 생각이었다.

'코끼리들……'

승우는 품에서 코끼리 주머니를 꺼냈다. 접신을 이루었으니, 낫꺼도의 의식을 치루었으니 그들을 다룰 수 있을 것으로 믿었기 때문이었다.

'어떤 걸 부려야 할까?'

흰 코끼리와 검은 코끼리.

민민의 말에 따르면 검은 코끼리는 악령을 유혹할 때, 흰 코끼리는 악령을 제압할 때였다. 그렇다면 볼 것도 없이 흰 코끼리였다.

승우는 세 번째 코끼리 까웅 깅을 손바닥에 올렸다. 민민이 자주 애용하던 것이라 마음이 끌렸다.

'자, 저 악령을 제압해 다오.'

후끈한 영기를 모으자 흰 코끼리가 꿈틀대기 시작했다.

뿌오오!

아련하게, 코끼리의 포효가 들려왔다. 코끼리가 신성으로 파닥거리는 것이다. 하지만 그것뿐이다. 코끼리는 날지도, 빛을 뽑지도 않았다. 당혹스러운 순간, 민민의 목소리가 따라 들려왔다.

"아저씨……."

"……?"

"아저씨……."

"민민?"

환청이 아니었다. 승우는 얼른 손목으로 시선을 돌렸다. 민민이 고개를 들고 있었다. 아주 천천히…….

"까웅 깅을 거두세요."

"민민……!"

"접신되지 않잖아요. 다른 걸 꺼내보세요."

민민의 말에 승우는 세 번째 코끼리를 꺼내놓았다. 민민이 즐겨 타는 그 코끼리. 하지만 살갑게 반응하지 않기는 그것도 마찬가지였다.

"안 되죠? 거두세요. 어서요!"

민민이 파리하게 재촉했다. 그사이에 길태곤이 덜컹 창고 문을 열고 나왔다.

"……!"

승우는 어색하게 길태곤을 맞았다. 다행히 코끼리는 주머니 안으로 수습된 후였다.

"여기 있습니다. 늦은 밤에 찾아주셨기에 좀 많이 담았습니다."

길태곤은 병이 담긴 포장을 내밀었다.

"고맙습니다."

"아닙니다. 드셔보시고 효과가 있으면 다음부터는 홈페이지로 신청해 주십시오. 마일리지 혜택도 있고 택배비 없이 보내드리니까요."

"그러죠."

돈을 꺼내려는 사이에 주머니 하나가 툭 바닥에 떨어졌다.

"……?"

"제가 주워드리죠."

승우의 앞서 길태곤이 손을 뻗었다. 그리고 움찔 동작을 멈췄다. 그사이에 승우의 손이 주머니를 집어 들었다.

"고맙습니다."

승우는 빈 인사말을 던지고 지갑에서 5만 원짜리를 내주었다.

"차는 가지고 오셨나요?"

2만 원을 거슬러주며 길태곤이 물었다.

"아, 네……."

"조심해 가십시오. 이 근처에 유기견들이 더러 있어서……."

"그러죠."

가벼운 응대를 하고 승우가 돌아섰다. 길태곤은 공손히 묵례를 올렸다.

그 묵례는 승우가 마당을 나설 때까지도 계속되었다. 그리고 마침내 승우가 어둠 속으로 접어들자 길태곤의 눈동자에서 싸아한 음광이 터져 나오기 시작했다.

그 음광은 오롯한 한 줄기를 이루며 숲으로 뻗었다. 숲 안에서 뭔가가 그 기운을 받았다. 숲이 출렁거린 건 그다음이었다.

＊　　　＊　　　＊

'확인은 했지만 찝찝한데……'

승우는 고개를 갸웃거렸다. 뭔가 목에 걸린 느낌을 두고 그냥 갈 수는 없었다. 별수 없이 전화기를 뽑아 들었다.

차도형과 권오길, 그리고 나수미.

셋 중에서 권오길 번호를 눌렀다.

"권 수사관, 미안하지만 지금 당장 잠복조 좀 투입시켜 줘야겠어."

지시를 마치고 전화기를 끄는 순간, 승우는 머리 위가 마냥 오싹해지는 걸 느꼈다.

"아저씨!"

다시 민민의 소리가 들렸다. 아까보다는 다급한 소리였다.

'웃!'

내리꽂히는 물체는 조금 전에 보았던 두 마리의 개였다. 그러나 그때와는 완전하게 다른 모습이었다.

꾸에엑!

개들은 기괴한 소리를 내며 승우를 공격했다. 눈에는 광기와 뒤섞인 싸아한 영기, 이빨에는 죽음과 악몽의 기운이 오싹한 불덩이처럼 맺혀 있었다.

'악령이 쓰였다.'

그렇다면?

승우의 머리가 빠르게 돌아갔다. 아까는 분명 큰 이상이 없었던 개들. 그런데 갑자기 악령의 조종을 받고 있다면? 그건 길태곤이 뒤에 있다는 의미였다.

'읏!'

승우는 차 쪽으로 바짝 붙어 공격을 피했다. 딱 한 발이 늦은 개들이 승우 대신 차를 들이박았다. 하지만 바로 일어섰다. 머리가 깨져 피를 흘리지만 조금도 주저하지 않는 모습이었다.

승우는 재빨리 차 문을 열고 안으로 들어갔다.

터엉!

다시 개들이 충돌하는 소리가 들렸다. 개들은 미친 듯 발광을 하며 온몸으로 차를 들이박으며 차를 물어뜯었다.

얼마나 흘렀을까? 맹렬하게 으르렁거리던 개들이 조용해졌다. 미친 듯이 날뛰다 머리가 깨져 죽어버린 것이다.

승우는 그제야 차에서 내렸다. 개들의 주검은 처참했다. 온몸이 박살 나도록 차를 들이박은 까닭이었다.

승우는 길태곤의 집을 돌아보지 않았다. 등 뒤의 그 집에서 불 꺼지는 느낌이 왔다.

딸각!

그리고 이어지는 음산한 느낌.

온몸의 털을 살랑살랑 자극하는 싸아한 한기…….

어둠에 묻힌 그의 거처는 흡사 요기의 성을 방불케 했다. 그 어둠을 아우르는 사악한 느낌. 아주 좋지 않았다.

"검사님!"

권오길과는 큰길에서 만났다. 그는 형사를 둘을 대동하고 있었다.

"미안, 늦은 밤에 불러내서."

"괜찮습니다."

"저기가 길태곤의 집이야. 내가 좀 살펴볼까 해서 왔는데 뜻하지 않게 만나 버렸기 때문에 더 이상 머물 수가 없어."

"감시입니까?"

"어디로 튀는 지만 감시하면 될 거 같아. 눈치채지 않도록 조심하고."

"그런데 차가……. 으어어!"

권오길은 백미러가 뜯겨 나가고 혈흔까지 낭자한 승우의 차를 보고는 몸서리를 쳤다. 머리가 으깨진 채 피투성이가 된 개까지 본 까닭이었다.

"보다시피 미친 개 두 마리가 덤비는 바람에… 나중에 주민들 놀라지 않게 좀 치워죠."

"그, 그러죠. 다치신 데는요?"

대답하는 권오길의 이마에 식은땀이 얼비쳤다.

"보다시피 무사해."

승우는 어깨를 으쓱해 보였다.

"당장 수리하고 세차부터 하셔야겠네요. 제가 내일 가져다해드릴 테니 우선 들어가세요."

"땡큐!"

승우는 권오길의 인사를 받으며 차에 올랐다. 밤은 더할 수 없을 정도로 깊었다. 권오길의 차는 승우의 차와 천천히 교차되어 갔다. 그런 다음 잠복하기 좋은 위치에 소리 없이 섰다. 승우의 시선은 그제야 민민에게로 옮겨졌다. 민민이 꿈틀거리고 있었다.

"민민……."

혹시나 하고 불렀는데 민민이 부스스 몸을 일으켰다. 오랜만에 보는 민민의 움직임. 승우는 촉각을 곤두세웠다.

"밍글라바!"

승우가 먼저 인사말을 건넸다.

"네. 밍글라바……."

"괜찮아?"

"이제 좀요. 많이 나아진 거 같아요."

"다행이구나."

잔뜩 각이 섰던 몸이 민민의 대답에 풀어졌다. 그보다 반가운 소식이 없기 때문이었다.

"제 걱정했어요?"

"그럼……."

"많이요?"

"응!"

"쩨쭈 떤 바레!"

민민이 빛을 출렁이며 하얗게 웃었다.

"미얀마 말이냐?"

"고맙다는 뜻이에요."

"고마운 건 나다. 네가 영영 못 일어나면 어쩌나 싶었는데……."

"아저씨가 낫꺼도가 되지 않았으면, 그래서 맑은 영기를 실어주지 않았으면 오래 걸렸을 거예요. 아주……."

아주…….

희미한 말이지만, 승우에게는 더 또렷하게 들렸다. 생각 깊은 민민의 배려 때문이었다.

"다음부터는 그렇게 위험하면 악령과 맞서지 말아라."

"그럼 도망쳐요?"

"응!"

승우가 말했다. 민민은 하얗게 웃으며 도리질을 했다.

"그건 할아버지 가르침에 어긋나요. 엄마의 바람에도요."

"그럴지도 모르지. 하지만 네가 먼저 살아야지."

살아야지!

그 말이 또 승우의 혀에 덜컥 걸렸다. 민민에게는 허용되지 않는 말은 왜 이렇게 많을까?

"괜찮아요. 아저씨가 말하려는 의미를 아니까."

착한 민민, 승우를 조금도 탓하지 않고 웃어버린다.

"아무튼 너무 무리하지는 마."

"네!"

민민이 맑게 대답했다. 그럴 때는 영락없이 귀염둥이 다섯 살 아이였다.

"그런데 나는 정말 코끼리를 다룰 수 없는 거냐?"

"아마……"

"뭐가 잘못된 거냐?"

"글쎄요? 아저씨에게 이상이 없는 걸 보면 술공을 연 건 확실한 거 같은데……"

"……"

"혹시 기억하세요? 열두 코끼리 중에 어떤 게 아저씨에게 들어왔는지?"

"그건……"

기억을 더듬었지만 소용이 없었다. 멀어지는 술공을 당겨준 건 코끼리들이 아니고… 부적들이었다.

"부적요?"

"응, 코리아 낮꺼도들이 쓰는 악령을 막거나 쫓아주는……."

"그랬군요. 이유는 잘 모르지만 그래서 코끼리들이 접신하지 않는 거예요. 코끼리를 다루려면 흑백의 코끼리 중에서 우두머리들을 품어야 해요. 저는 열두 코끼리를 다 품었어요. 그중에서도 세 번째 까웅 깅을 제일 먼저……."

"하지만 분명 목격자에게 빙의된 악령이 나를 보고 달아났는데?"

"그건 그 악령이 아주 약해서 그래요."

"으음. 그럼 내가 할 수 있는 건?"

"접신을 했으니 영기를 보고 듣고 호령할 수는 있지만, 코끼리들을 다룰 수 없으니 강하고 사악한 악령은 제압하거나 속박할 수 없어요."

"그래?"

"네."

"그럼 코끼리를 다루고, 악령을 소멸시키는 건 너만 가능하다는 거?"

"소멸은 내가 아니고 친디요."

친디!

황금 갈기의 사자가 승우의 뇌리를 스치고 갔다.

"그것도 나는 다룰 수 없다?"

"네."

"흐음, 살짝 부러운데?"

접신으로 악령을 보고 듣고 영기를 다룰 수는 있되 조금 센 악령은 위세로 제압할 수 없었다. 하긴 그것만 해도 어디 인가? 인간의 몸으로 악령을 감지하고 그 악령들의 말을 들을 수는 있다는 것…….

"실망하지 마세요. 보아하니 아저씨가 코리아 낫꺼도라서 코리아 낫꺼도의 술공이 함께 열린 것 같으니 천천히 찾아보면 방법이 있을 거예요."

민민은 승우를 위로해 주었다.

"아무튼 코끼리의 힘을 들키지 않은 건 잘한 거 같아요. 아까 그 악령이 그걸 봤으면 멀리 달아날지도 몰라요. 아저씨는 저 악령을 잡으려는 건데……."

"달아나는 건 문제없어. 전국 수배령을 내리면 되니까?"

"수배요?"

"길태곤을 잡아라. 이렇게 수배를 내리면 간단하단다. 코리아는 미얀마보다 수배자 검거 시스템이 잘되어 있거든. 더구나 초강력 살인 사건이라 국민들 관심도 대단한 일이고……."

"미안하지만 그렇게 되면 악령이 저 사람을 죽이고 다른 사람에게 옮겨갈 수도 있어요."

"……?"

다소 느긋하게 대한민국의 우월함을 누리려던 승우, 민민의 말에 코가 납작해지고 말았다. 악령이 길태곤을 죽이고 다른 사람에게 옮겨간다?

생각도 못한 일이었다. 아니, 일어나서는 안 될 일이었다. 그렇게 되면 모든 게 도로 아미타불이 된다. 간신히 찾아낸 단서. 그 일을 또다시 반복한다는 건 또 다른 희생자가 나온다는 의미였다.

"그런 것도 가능하단 말이냐?"

바짝 긴장한 승우가 물었다.

"힘이 약한 악령이라면 불가능하죠. 하지만 아까 그 악령은 이미 사람의 생기를 흡수한 거 같아요. 그럼 그런 힘을 갖췄을 수 있어요."

"생기 흡수?"

"적어도 두 명은 확실해요. 뒤틀린 뼈로 발견된 사람들이요."

"너, 수사를 다 지켜보고 있었니?"

"아파도 귀와 눈은 열려 있으니까요."

"적어도 둘이라면… 그럼 저 악령이 진화라도 한다는 거냐? 다른 두 사체는 흡수하지 않은 거잖아?"

"자세한 건 저도 아직 몰라요. 악령을 완전히 잡고 나면 알 수 있겠죠."

"그게 언제?"

"자기 전에 저한테 영기를 몰아주세요. 잘하면 내일부터 아저씨를 도울 수 있을 거 같아요."

"디데이는 내일이다?"

"네!"

민민이 웃었다. 승우도 그 미소를 따라 웃어 보였다.

내일!

현장은 권오길과 형사들에게 맡겨놓은 상황. 그렇다면 오늘 밤에 목숨을 걸 일은 없었다.

"오케이! 그럼 일단 고 홈이다."

승우는 힘차게 핸들을 돌렸다.

*　　　　*　　　　*

집에 도착한 승우는 고단한 것도 잊은 채 민민에게 영기를 불어넣었다.

검푸른 영기의 아우성을 쏟아내는 승우의 모습은 어느 때보다 숭고했다. 마음이 정갈해야 민민에게 보탬이 될 일이었다.

엄마 생각이 났다.

무복을 입고 펄펄 뛴 날, 굿거리를 하며 낯선 무속어를 쏟아내던 날, 엄마가 그랬다. 잔뜩 심통이 난 승우를 자애롭게 토닥여 준 것이다. 그래도 승우는 엄마가 미웠다. 입은 댓 발이나 나오고 가슴은 쉴 새 없이 불뚝거렸다.

엄마는 그 따가운 원망을 다 받아주었다.

"우리 승우 또 심통 났구나? 엄마가 미안해. 그런데 어쩌겠어? 엄마는 이 일을 해야만 하는걸."

그때마다 엄마는 하얀 미소를 지었다. 삐친 승우가 듣지도 않는 말. 그런데도 그토록 숭고한 표정으로……

그 숭고함은 고3 때 절정을 이루었다.

수능 100일 전.

엄마는 특별히 숭고했다. 승우에게 신의 가호를 전한다며 읊어대던 육씨 할아방들… 육씨 할아방은 오행을 관장하는 신들의 이름이다.

木정의 구망 씨.

火정의 축융 씨.

土정의 후토 씨.

金정의 욕수 씨.

水정의 현명 씨.

여기에 바람을 관장하는 풍신 풍할아방 후직 씨……

이들은 여섯 가지 뜨겁고 차고, 축축하고 건조하고, 부드럽고 딱딱한 기운을 관장하니 그 기운을 받아 승우에게 수능만점 기운을 주겠다는 거였다.

승우는 코웃음을 쳤지만 엄마가 하도 간절히 말하는 바람에 좌정할 수밖에 없었다. 그날의 느낌은 아직도 정수리에 남았다. 엄마의 숭고한 표정과 함께.

그때, 승우에게 불어넣던 엄마의 숭고함이 이랬을까? 아니, 그 반의반, 그 반의 짜개반도 미치지 못하겠지만 자식 잘되기를 바라던 엄마의 마음을 조금 알 것만 같았다.

그렇게 민민을 쓰다듬다 승우는 그만 잠이 들었다. 웅크린 승우의 손목 위에, 역시 비슷한 자세로 웅크린 채 잠든 민민. 그 크기는 비교할 수 없이 차이가 났지만 어쩐지 비슷하게 보였다.

웅크린 그것, 태초의 자세…….

태반 안에서 취하던 원초의 자세. 그 편안함으로 둘은 아침을 맞았다.

'아!'

승우는 반짝이는 햇살을 따라 눈을 떴다. 그리고, 햇살처럼 명랑한 소리를 들었다.

"밍글라바!"

민민이었다.

목소리가 승우의 귀에서 녹았다. 고개를 드니 민민이 손목 위에서 손을 흔들고 있었다. 아주 명랑한 모습이었다.

"민민……."

승우는 가부좌를 튼 채 민민을 내려다보았다. 그러자 민민이 사뿐 날아올랐다.

"괜찮니?"

"네, 아저씨 덕분에요."

목소리가 샘물처럼 맑게 찰랑거렸다.

"걱정하실까 봐 잠깐 인사드려요. 햇살이 밝아서 오래는 못 있어요."

"오케이. 어서 쉬어."

승우는 커튼 틈을 비집고 들어오는 햇살을 막았다. 조금이라도 민민을 편하게 해주고 싶었다. 민민은 손을 흔들며 손목 안으로 사라졌다.

'좋았어!'

승우는 주먹을 불끈 쥐어 보였다. 허덕이던 민민이 회복되었다. 이보다 좋은 아침은 없었다.

삐리링!

인터폰이 울린 건 그때였다.

'설마 차도형?'

사람은 경험으로 말한다.

아픈 전력이 있기에 본능적으로 수사관들이 떠올랐다. 하지만 지금은 이른 아침. 설령 수사관이 왔다고 해도 지각으로 걱정할 일은 아니었다.

"여보세요?"

승우가 인터폰을 받았다. 경비원이었다.

승우는 대충 옷을 차려입고 주차장으로 내려왔다. 문제는 차였다. 지난 밤, 악령이 쓰인 개들이 무차별 덤벼든 차량. 그렇잖아도 중고였는데 아주 엉망이 되어 있었다.

뜯겨져 나간 백미러. 여기저기 우그러진 문짝. 그리고 낭자
한 혈흔이 말라붙은 피딱지들⋯⋯.

깜박했지만 굉장한 공격이었던 것 같았다. 오죽 필사적이었
으면 차가 이 모양이 되었을까?

"입주민들이 경찰에 신고해야 한다고 해서⋯⋯."

몇몇 입주민들을 배경으로 경비원이 말했다.

"아, 이거요⋯⋯."

입주민들의 눈초리가 예사롭지 않았다. 핑계가 마땅치 않
은 승우, 해명하기도 그렇고 해서 자진납세, 스스로 경찰에 신
고를 해버렸다.

잠시 후에 순찰차가 도착하자 승우는 슬쩍 신분증을 보여
주었다. 피떡이 된 차의 수습은 그렇게 넘어갔다.

"보고!"

일찌감치 지검에 도착한 승우는 수사본부와 사무실에 들
러 밤사이의 상황을 체크했다.

"어제 새벽에 부산에서 어떤 남자가 쫑파티로 술에 취한 여
대생을 성폭행하려다 도주했답니다. 그 친구가 흘린 가방에서
여자 속옷이 다량 나와서 연고지 중심으로 추적 중이라는 보
고가 있습니다만 우리 사건과는 연관이 없는 것 같습니다."

유 계장이 주요 사건을 정리해 주었다.

"권 수사관은요?"

"아직요. 검사님이 간밤에 임무를 주셨다고요?"

"길태곤 감시요. 아무래도 좀 지켜봐야 할 것 같아서……."

"구속영장 청구 안 하실 겁니까?"

"오늘 하루만 더 검토해 보죠. 영장청구는 준비해 두세요."

"알겠습니다."

그사이에 국과수의 부검 결과가 나왔다. 나수미가 서류 카피를 직원들에게 한 부씩 넘겨주었다.

"새로 나온 건 없군요."

유 계장의 목소리가 낮아졌다. 유기된 지 2년여가 지나 거의 완전하게 풍화된 시신들. 특별히 기대하는 건 없었지만 맥이 풀리는 건 사실이었다.

다만 산나물 아줌마의 사인은 밝혀졌다. 심장마비였다. 실족사와 심장마비 둘 중 하나로 가닥을 잡았던 승우. 후자로 정리가 되었다.

물론 이 건은 길태곤과 관련이 없었다. 하지만 그건 승우의 입장이었다.

바로 지척에서 발견된 세 구의 참담한 사체들. 산나물 아줌마의 시신 또한 그 반경에 있는데다 같은 날 발견이 되는 바람에 언론에서 따로 분류해 주지 않았던 것이다.

이럴 때 신문기자들은 완전히 적이었다.

오전은 너무 바빴다.

보고를 받고, 보고를 하는 것도 큰일이었다. 승우는 그러다 조기호를 보고 폭발하고 말았다. 희생자 유전자와 실종 신고가 들어온 보호자들의 유전자 확인 업무를 맡겼는데 보고가 올라오지 않은 것이다.

"조 검사!"

승우는 그가 있다는 자료실 문을 열었다.

있었다.

하지만 잠들어 있었다. 의자를 정성껏 당겨 간이침대까지 만들어서 말이다.

핏대가 오른 승우, 머리 쪽의 의자를 차버렸다.

"뭐야?"

휘청 중심을 잃은 조기호, 손으로 바닥을 짚으며 까칠한 소리를 토해냈다.

"선배님?"

"지금 뭐하는 거야?"

승우가 물었다.

"아, 예. 어제 좀 달렸더니……. 선배님도 아시죠? 그 조합의 민 전무……."

"민 전무?"

"그 인간이 수고가 많다고 자리를 마련했지 않습니까? 딱 한잔만 하고 가라니 사양하기도 그렇고 해서……."

"마셨군?"

조기호의 콧등에서 기름이 물에서 떠오른 듯 선명한 개기름이 번쩍거렸다. 그는 여유롭다. 마치 뭐가 문제냐는 태도였다.

"예. 조금⋯⋯."

"여자도?"

"아시면서⋯⋯."

"잘나가네?"

"에이, 잘나가긴요. 민 전무가 다음에 선배님도 함께 모시라던데, 날 잡을까요?"

주르륵!

승우는 물컵을 집어다 조기호의 발등에 부었다.

"선배님!"

"정신 차려. 사람이 넷이나 죽어나간 사건이야. 알아?"

승우가 매섭게 쏘아붙였다.

"선배님⋯⋯."

조기호의 눈이 휘둥그레지는 순간, 자료실 문이 열렸다. 권오길이었다.

"별문제는 없는 것 같다고?"

복도로 나온 승우가 물었다.

"예, 그냥 일상적인 일을 하고 있습니다. 해서 형사들에게 계속 지켜보라고 하고 왔습니다."

"수고했어. 가서 쉬어."

"쉬긴요. 키나 주십시오."

"키?"

"어제 그 차… 세차하고 수리해야죠. 누가 보면 검사님이 범인인 줄 알겠습니다."

"그런가?"

그건 승우도 동의했다.

우선 출근길에도 그랬다. 지검 경비원이 차를 세웠던 것이다. 그들은 승우의 얼굴을 확인하고서야 차를 통과시켰다. 차를 바꾼 지 얼마 되지 않는 승우였기에 경비원들도 승우 차량의 번호를 외우지 못하고 있었다.

"차 맡기고 좀 쉴 테니까 필요하시면 제 차를 이용하십시오."

권오길은 자기 차의 키를 승우에게 넘겼다.

저녁 시간이 가까워지면서 파악되지 않던 희생자의 신원이 나왔다.

수도권 모 전문대학 2학년의 여학생. 그녀의 모친은 단숨에 승우의 기억에 각인되었다. 난데없이 늙은 무당을 대동하고 온 것이다.

"담당 검사님이시라고요?"

50대의 어머니가 먼저 나섰다.

"유감으로 생각합니다."

"범인은요? 윤곽은 잡은 건가요?"

"예, 곧 성과가 있을 것 같습니다."

"진짜인가요? 단서가 없으면 제가 알려드릴 수도 있는데……."

'알려줘?'

그들을 안내해 온 차도형과 나수미도 승우를 따라 고개를 들었다.

"이분이 상주보살이라고 유명한 무당입니다. 요즘 세상에 미신을 누가 믿냐고 하면 할 말이 없겠지만 너무나 족집게라서요. 우리 딸 시신이 나온 날도 그렇고 방위도 그렇고 장소를 맞춘 것도 그래요."

상주보살!

퇴역 직전의 무당이 등장했다.

"저기, 그런 얘기는 저희에게……."

보다 못한 차도형이 나서서 보호자의 말을 막았다.

"글쎄 일단 들어나 보라니까요. 지금 범인은 창고 같은 데 있대요. 거기서 송장 썩는 냄새가 난대요."

"아주머니, 글쎄 그런 말씀은 제게……."

"됐어. 그냥……."

승우는 차도형을 말리고 무당을 바라보았다.

"무당형, 단골형, 심방형, 명두형……. 어느 쪽이십니까?"

"이 검사님, 팔뚝에 동자 귀신을 달고 사시니 그런 것도 아시네."

옆에 있던 늙은 무당이 느닷없는 말을 뱉어냈다. 앞니가 없어 보기도 민망한 쭈그렁 입술이지만 잘도 움쭉거렸다.

'팔뚝에 동자 귀신?'

"이 양반이 지금 검사님이랑 뭐하는 겁니까?"

차도형이 다시 분위기를 상기시켰다.

"동자 귀신 맞아. 내 항마진언으로 귀신을 뽑아내리니. 불선 심자 개래호개……."

"이보세요."

중얼거리는 무당을 승우가 막았다. 혹 진짜 공력이 높은 무당이라면 민민이 위협을 느낄 수도 있었다.

"어허, 항마진언에 이어 보검수진언을 펼칠 판에……."

"지금 범인 제보하러 오신 거 아닙니까? 범인이 창고에 있다고요?"

승우가 관심을 돌려주자 무당은 날선 눈길을 거두었다. 나이 탓인지 조금은 오락가락하는 끼가 엿보였다.

"내가 모시는 태주가 그렇게 말했어요. 이놈을 당장 잡아들이지 않으면 대한민국에 피바람이 불리라!"

태주!

이 무당은 명두형이었다. 명두형들은 사령의 강신을 통해 접신을 이룬다. 그때의 사령들은 어린아이에 속한다. 그들은 그 사령을 일러 명두, 동자, 혹은 태주라 불렀다.

거기다 돌팔이는 아닌 것 같았다. 넘겨짚은 건지는 모르지만 승우에게는 예사로운 말이 아니었다. 하지만 지금 무당의 신통력 진위를 논할 때가 아니었다.

"나이는 55살입니다. 신문에 난 것처럼 40대가 아니에요. 내 말을 명심하세요. 창고를 뒤져야 한다고요."

무당은 마치 굿판을 달리듯 속사포처럼 말문을 터뜨렸다.

55세!

잘나가다가 옆으로 샜다. 그게 승우의 열린 마음을 닫히게 만들었다. 길태곤의 나이와는 거리가 멀었다. 결국 희생자의 모친과 무당은 정중히 돌려보내졌다.

"나 참, 이젠 늙은 무당까지 수사에 간섭하려고 드니……."

차도형이 고개를 저었다.

"그게 다 우리 책임이잖아. 우리가 범인을 빨리 잡으면 될 것을……."

"검사님, 책임이라면 경찰 책임이지 왜 우리 책임입니까? 멀쩡한 여대생들이 실종되어도 콧방귀도 안 뀐 친구들인데… 아, 글쎄 어떤 지구대는 실종 신고하러 온 부모에게 아마 남자친구랑 외박 중일 거라고 돌려보낸 적도 있다더라고요."

"우리도 실수한 적 많으니까 그런 거 따지지 말고 밥이나 시켜. 이놈의 내장은 때만 되면 신호를 울리니……."

꼬르륵 소리를 들으며 승우는 소파에 앉았다.

퇴근 무렵, 수사본부에서 올라온 서류는 또 한 보따리를 이루고 있었다. 여전히 하루 수백수천의 제보가 들어오고 이어졌다. 이걸 분류하는 작업만 해도 엄청난 일이었다.

"검사님은 오늘 일찍 들어가시죠. 나머지는 제가 마무리하고 들어갈 테니……."

수사본부에서 올라온 유 계장이 말했다. 권오길에게 간밤의 일을 전해 듣고는 승우를 챙기는 그였다.

"계장님은 아직 환자입니다. 누구보고 들어가라는 겁니까? 진단서 날짜도 다 안 채우고 나오신 분이……."

승우가 고개를 저을 때 책상 위의 전화가 다급하게 울었다.

"여보세요, 검찰청 차도형……. 뭐라고요?"

전화를 받던 차도형의 목소리가 확 올라갔다.

"검사님, 길태곤 사택 잠복형사들인데요 길태곤이 갑자기 안 보인다는데요?"

"……?"

길태곤이 안 보여?

                    *   *   *

승우가 수사관들과 함께 현장에 도착했을 때는 이미 저녁이 깊어진 후였다.

"어떻게 된 겁니까?"

차도형이 먼저 형사들을 닦아세웠다.

"죄송합니다. 아까 5시까지는 분명 보였는데……."

형사들이 고개를 떨구었다.

"잠복하는 사람들이 자리를 비웠던 겁니까?"

"여기 가게들이 너무 작아서 컵라면이 떨어지는 바람에 잠시 차를 몰고 나갔다 왔는데 날이 어두워지는데도 불이 안 켜지지 않겠습니까? 그래서 확인했더니……."

잠깐의 방심이 설마를 불러왔다. 형사들이 둘 다 자리를 비운 건 아니었다. 한 명은 남았다. 그런데 잠복으로 속이 편치 않은 그가 잠시 화장실에 들른 사이에 사단이 난 것이었다.

"일단 주변 사람들 탐문해서 나가는 거 본 사람 있는지 확인하세요. 나는 창고 좀 살펴볼 테니까."

승우는 지시를 남기고 길태곤의 집으로 향했다.

창고는 어두웠다. 문은 견고하게 잠겨 있었다. 창고를 따라 도는데 여전히 죽음의 냄새가 진동을 했다.

쎄애애, 쎄애애!

돌아보는 곳마다, 강풍에 뒤틀려 날아가는 신문지 울음 같은 오싹함이 느껴졌다.

이 안에는 주검이 있다. 거대하고 끔찍한 것에 씌였다. 반드시!

승우는 확신했다. 슬며시 가담한 민민도 그걸 확인해 주었다. 이곳에서, 안에서 무슨 일이 일어났던 건 확실했다. 그렇기에 떠도는 바람에조차 분노와 절망이 저며 있는 것이다.

"큰 길로 통하는 도로 측 CCTV 확인했는데 길태곤의 차가 지나간 것으로 확인되었습니다."

형사들의 연락을 받은 차도형이 달려와 상황을 알려주었다.

'도주……'

상황으로 보아 그렇게 판단할 수밖에 없었다.

"여기 긴급 수색영장 신청해."

승우는 결단을 내렸다.

깔그락!

영장이 떨어지자 바로 창고의 자물통부터 따버렸다. 육중한 자물쇠도 팔이 잘려 나가자 맥을 추지 못하고 빗장을 열어주었다.

창고 안의 발효액들은 어마어마한 수준이었다. 수많은 약재들과 산야초, 버섯과 더덕 등이 식물원을 방불케 만들었다.

"굉장한데요?"

뒤따라 들어선 차도형이 혀를 내둘렀다. 승우는 천천히 걸음을 떼었다. 오직 주검의 근원을 찾아.

승우의 발이 멈춘 곳은 드럼통 앞이었다. 수십 개의 드럼통이 그를 세웠다.

드럼통 하면 유명한 사건이 있었다. 장소는 미국, 때는 1940년대였다.

존 조이 하이!

그는 염산이 가득 든 드럼통에 사체를 넣었다. 사체가 녹으면 하수구로 흘려 보냈다. 이 사이코패스는 오만하기까지 했다. 경찰들에게 증거를 대보라고 도발까지 했던 것이다.

"시체가 없는데 내가 왜?"

그는 퍼펙트하게 증거를 없앴다고 생각했지만 그렇지는 않았다. 경찰이 집을 수색하자 사람의 지방과 뼈, 틀니 등이 떨어진 게 나온 것이다.

교활한 그는 미치광이 행세를 하며 죄를 벗으려고까지 했다. 그 증명을 위해 횡설수설하는가 하면 자신의 오줌을 받아 마시기도 했지만 결국 교수형에 처해졌다.

'모방범죄?'

승우는 호흡을 집중했다.

'후읍!'

첫 냄새는 그리 명확하지 않았다. 드럼통 안에 온갖 발효액들이 가득했기 때문이었다. 승우는 결국 드럼통을 보는 척하며 수사관들 몰래 영기를 끌어올렸다.

탐색견. 탐색견처럼!

그러자 차곡차곡 쌓인 드럼통들이 죽음의 무더기처럼 보였다. 그 안에서 주검의 냄새가 분노의 회오리를 이루고 있었다.

"이거 엎어!"

승우가 두 번째 드럼통을 지적했다. 형사들과 수사관들이 달려들어 커다란 드럼통을 엎었다. 약초 건더기들 밑에서 흐

늘거리는 덩어리가 나왔다.

"우엑!"

그것만 따로 분리하자 악취가 진동을 했다. 인간의 오감을 저리게 하는 느낌의 진액덩어리. 형사들과 수사관들은 배를 웅크리며 돌아섰다.

'사람의 살이 녹은 것!'

머리카락은 어느새 온통 곤두선 후. 걸쭉하게 녹아버렸지만 가축의 고기 느낌은 분명 아니었다.

"국과수에 분석 요청해. 남은 드럼통도 전부 체크하고."

지시를 남기고 밖으로 나왔다.

국과수는 승우의 전용이 아니었다. 의뢰가 들어가면 일주일은 보통이었다. 그러니 좀 더 신속한 증거를 찾아야 유용할 일이었다.

밖은 고요했다. 너무 고요해 귀가 따가웠다. 어두운 숲과 마주치는 알전구의 빛은 나른하지만 팽팽하게 신경을 집중시키고 있었다.

"멧씨를 꺼내주세요."

어깨 위로 올라온 민민이 말했다. 승우는 두말없이 검은 코끼리를 허공에 던져 주었다.

엷은 빛으로 변한 막내 검은 코끼리. 민민이 허공에서 그 빛에 올라타는 게 보였다. 멧씨는 두어 번 궤적을 그리더니 바로 내리꽂혔다. 승우도 집중하는 그곳이었다.

퍽퍽퍽!

노가다가 시작되었다. 유 계장도 가세를 했다. 창고 뒤편, 야산으로 이어지는 공터였다. 철쭉이 가득 심어져 쉽게 파지지 않았다.

"뭐가 있습니다."

끈질긴 노가다 뒤에 성과가 올라왔다. 사체의 유골, 그러나 토막난 뼈들이었다. 동시에 다른 드럼통에서 증거물이 또 나왔다. 희생자의 물품들이 바닥에서 약재들과 함께 발효(?)되고 있었던 것이다.

가방 조각도 있었고, 스니커즈도 있었고, 학생증과 핸드폰 등도 있었다.

"수배령부터 내려야겠습니다."

유 계장이 의견을 개진해 왔다. 시의적절한 의견이었다.

"그러세요!"

승우는 바로 화답했다.

"그리고 낙서든 책이든 인터넷 검색이든 찾아보세요. 혹시 존 조지 하이라는 이름이나 염산 드럼통이라는 말이 나오는지."

"알겠습니다."

유 계장이 지시를 받는 사이에 석 반장이 이끄는 형사대 10여 명이 합류되었다. 그 꼬리를 물고 의경도 2개 중대가 도착했다. 길태곤의 집을 중심으로 광범위한 수색이 시작되었다.

"민민……."

승우는 다소 으슥한 곳으로 비켜서서 민민을 불렀다.

"네!"

"이 악령… 어디로 갔을까?"

"글쎄요. 멧씨도 헤매는 걸 보니 가까이 있지는 않아요."

"그 악령이 자기가 몸을 빌린 사람을 죽일 수도 있다고 했지?"

"네."

"악령이 머리도 쓸까?"

"가능해요!"

'머리도 쓴다?'

그럼 어디로 갈까? 그리고 왜 달아난 걸까?

머리를 쓴다면 악령도 밤새 생각을 했을 것이다. 승우에게서 뭔가를 느꼈을 수도 있었다.

악령은 어디서 왔을까?

왜 길태곤에게 붙었을까?

승우는 살해 방법이 다른 네 구의 사체에 대해 주목했다. 두 구는 절단이었고, 나머지 두 구는 기묘한 압력에 의한 융해로 보였다.

거기에 추가된 방금 전에 나온 사체, 그 또한 가지런히 여덟 토막……. 철쭉은 그 뿌리로 보아 2~3년 전쯤에 심은 것 같다는 분석이 나왔다. 형사 중의 한 사람이 원예에 조예가 있었던 것이다.

그러니까 길태곤은 첫 토막 사체를 창고 뒤에 묻었다. 드럼통 안에서 나온 물질이 승우의 짐작과 일치한다면 '뼈만' 묻었을 것이다. 그러다 새로운 범죄를 저질렀다. 사체를 처리할 곳을 찾다가 맞춤한 곳을 발견했다.

그리 높지 않으면서도 음산한 야산. 악령이 유혹의 손짓을 하든 그곳. 여기서 그리 멀지도 않으니 괜찮은 장소였다.

"……!"

생각을 정리하던 승우, 그쯤에서 불현듯 지난번 제압한 악령의 말이 스쳐 갔다.

[나도 여길 나가려고…….]

그리고 그 뒤에 했던 벼른 말…….

[너희들… 반드시 후회를…….]

나도!

분명 '나도'라고 했었다.

그건 누군가 먼저 빙의를 해서 음기의 계곡을 떠났다는 얘기.

반드시 후회!

그 말 역시 누군가 자신의 복수를 해줄 존재가 있다는 의미.

승우 안에 쌓인 데이터들이 폭포수를 이루며 쏟아져 나왔다.

그렇다면 길태곤 역시 승우에게서 뭔가 이상한 낌새를 채고 그 산으로?

"민민, 그놈이 어디로 갔는지 알 것 같다."

승우는 차를 향해 전력 질주를 했다.

"검사님!"

그걸 본 차도형이 소리쳤다.

"뭐 좀 확인할 게 있어서 그래."

승우는 권오길의 차를 타고 도로로 빠져나갔다. 그런 다음 차머리에 경광등을 올렸다. 무한폭주가 시작된 것이다.

'어쩌면!'

불안했다.

만약 악령이 자기 동료가 소멸된 걸 알게 된다면… 그러면 어떻게 나올까? 길태곤을 죽이고 떠날 것이다. 이미 인간의 몸에 빙의 내지는 환신의 능력의 이룬 악령. 그러니 다른 육신을 차지할 건 불을 보듯 뻔한 일이었다.

"그 전에 잡아야 해."

승우가 비장하게 말했다. 민민 역시 단호한 빛으로 깜박거렸다.

재미난 모순이었다.

길태곤은 사이코패스 살인자. 그런데 그를 도와야 했다. 그가 죽지 않도록. 왜냐하면 그 안에는 또 다른 살인마가 들어있기 때문이었다.

육신을 빌려준 토막 살인자 길태곤보다 더 가공스러운 살인귀. 인간을 융해해 영기를 빨아먹으면서 더 사악한 악령으로의 진화를 꿈꾸는 악마가 그 안에 있는 것이다.

사이코패스 살인자 안의 악마 살인귀……

최악이었다.

3장
살아 있는 문신

"먼저 갈게요."

어두운 산에 도착하자 민민이 먼저 맴을 돌았다. 푸르게 출렁이는 빛은 이제 그가 완전해졌음을 알려주었다.

하지만 승우는 고개를 저었다. 이미 호된 학습 효과를 얻은 승우, 민민을 혼자 보낼 수 없었다.

"시간이 없잖아요. 저쪽에서 악령의 느낌이 불어와요."

멧써 위에서 민민이 기세를 올렸다.

"정 그러면 흰 코끼리를 데려가."

승우가 주머니를 열었다.

"아직은 아니에요. 찾아내기도 전에 흰 코끼리를 동원하면 낌새를 채고 숨을지도 몰라요."

"……!"

"가요!"

민민은 끝내 앞장 서 날았다. 승우는 필사적으로 그 뒤를 따랐다. 이번만은, 적어도 민민을 혼자 두고 싶지 않았다. 비록 아무 일도 일어나지 않는다고 해도…….

주르륵!

비탈에서 승우는, 일부러 엉덩이로 슬라이딩을 택했다. 꼿꼿이 뛰어서 내려갈 수는 없기 때문이었다.

좌라락, 자갈과 함께 미끄러졌지만 저번처럼 허둥대지 않았다.

덕분에 생각보다 빨리 계곡 아래로 내려섰다. 앞서 가는 민민의 불빛도 놓치지 않았다.

"여기에요."

민민이 허공에서 호를 그렸다. 지난번 악령을 제거한 그 자리였다.

"멧씨가 위쪽이래요."

검은 코끼리에 귀를 대고 있던 민민이 소리쳤다. 소리를 따라 가파르게 고개를 들던 승우, 음산하게 비치는 그림자의 무게감에 피가 얼어붙고 말았다.

"그 사람이에요!"

민민이 소리쳤다.

길태곤.

그가 높은 벼랑 위에 서 있었다. 그것도 승우를 괴이하게 내려다보면서…….

"길태곤!"

승우가 바짝 고개를 들었다.

하지만 그는 길태곤이 아니었다. 겉은 길태곤이지만 악령이 깃든 몸. 그 몸에서는 악마의 저주 같은 섬뜩함이 꾸역꾸역 밀려나왔다.

"떨어지려나 봐요."

민민의 말은 승우의 생각과 동시였다. 길태곤이 벼랑 끝으로 한 발을 더 나온 것이다.

"길태곤!"

이미 악령에 지배당한 걸 알지만 그렇게 부르는 수밖에 없었다.

"어쩌죠? 빙의한 몸을 버리려는 거예요."

"……."

승우는 고개를 저었다.

벼랑의 높이는 수십 미터. 더구나 길태곤은 그리 허약한 체구도 아닌 상황. 승우가 제아무리 접신의 능력을 이루었다 해도 받아낼 수 없는 조건이었다. 귀신이 아니고 진짜 사람임에야…….

[네에노오옴들…….]

뒤이어 청각을 쥐어짜려는 듯 저주 서린 음성이 골짜기를 울렸다.

"악령이 말을 하고 있어요."

"……."

[내 혀어엉을 잘도 해치워었구우나.]

소리, 처음에는 잘 구분되지 않았다. 하지만 몇 마디를 들으니 그 뜻을 알 것 같았다.

"저번에 해치운 게 저 악령의 형이었나 봐요."

민민이 말했다.

어쩌면 이미 짐작했던 일. 그럼에도 악령으로부터 직접 들으니 명쾌하게 사건 구성이 되었다. 몇 군데 휑하던 퍼즐이 맞은 것이다.

[네놈들… 어쩐지 형의 영기가 엿보였어. 혹시나 했는데… 이런…….]

길태곤의 입을 빌린 악령의 소리는 초음파처럼 싸아하게 계곡을 울렸다. 여기저기서 새들이 추락하는 소리가 들렸다. 새들의 귀를 찢어버리고 있는 것이다.

역시!

승우의 불안한 예감이 적중했다. 악령은 그걸 느끼고 계곡으로 튀었다. 그 확인을 위해서!

"이봐, 그 친구를 놓아줘. 너는 이미 죽은 몸이잖아?"

승우가 말했다.

[죽음… 그건 생자의 관념에 불과하지. 죽음에도 여러 단계가 있거든.]

"어쩌려는 거냐?"

[네놈들… 조금만 더 있었으면 내가 형의 빙의도 도울 수 있었는데……. 네놈들이 망쳤어. 내 형은 어떻게 한 건가?]

"그보다 너희는 뭐냐? 왜 여기를 떠돌며 빙의를 한 거지?"

[너 같이 잘난 놈들은 알 거 없어. 우린 여자 한 번 못 안아 본 처지였으니까.]

"우리라면 네 형과 너?"

[그래… 조실부모한 형과 나는 얼굴에 흉터까지 깊어서 세상과 여자들의 냉대를 받았어. 그래서 원한을 안고 이 계곡으로 와서 약을 먹고 죽었지. 하지만 그 한이 크기에 하늘로 갈 수 없었어. 여기를 떠돌며 여자들에게 복수할 날을 꿈꾸었지.]

"그러다 여대생 살해범 길태곤에게 붙었다?"

[원래는 여자를 농락하고 싶었지만 여자들은 여기 들어오지 않았어. 하지만 놈은 왔지. 더구나 부럽게도 여러 여자를 건드리고 그 시체를… 그런 놈이라면 동병상련. 그 몸을 빌리면 금상첨화지. 그래서 내가 놈의 사악한 마음을 충동질해 안으로… 안으로 불러들여 빙의를 했지.]

"……."

[그놈도 좋아하더군. 가끔 슬쩍 빙의를 약하게 하고 그놈 정

신이 들게 하면 아주 환장을 했어. 가슴을 고동치게 하는 열광적인 쾌락이랄까? 저놈 속의 살인 본능을 내가 고급스럽게 충족시켜 준 셈이니까.]

두 색귀들의 히스토리가 나왔다.

그들은 여기서 음기를 뿜어 사악한 사람들을 불러들였다. 유혹에 끌린 길태곤이 들어서자 빙의를 했다.

본시 악은 악으로 통하는 법, 길태곤의 악마성이 악마의 유혹에 빠졌고 결과는 인간 악마의 하드웨어에 악령의 소프트웨어가 장착되는 업그레이드 버전을 낳은 것이다. 가히 악몽이었다.

"너희가 여기서 죽었다? 곳곳을 수색을 해도 아무 흔적이 없던데?"

[멍청한 놈들… 우리가 죽은 건 여기가 아니야. 저 아래… 마지막 별장 보이나? 거기 벽에서 이어지는 작은 동굴이 있다.]

"친절히 말해주니 고맙구나. 그 보답으로 네 형이 있는 곳을 알려주지."

그 말과 함께 승우가 민민을 돌아보았다. 민민은 기다렸다는 듯이 친디를 꺼내 들었다.

[웃!]

악령이 움찔하는 게 보였다. 먹잇감을 발견한 듯 친디는 입을 폭포처럼 벌리며 무한의 포효를 울렸다. 목과 몸에 감긴 신령스러운 갈기를 펼치며.

우어엉!

[못 보던 신물이로고. 오냐, 지금은 내 이렇게 물러가지만 언제고 너를 찾아가 이 한을 풀 것이다. 송승우 검사!]

악령이 후끈 영기를 발산하자 길태곤이 벼랑 앞으로 한 발 더 다가왔다. 이제는, 고작 한 발이면 바로 추락할 판이었다.

"어쩌죠? 친디를 풀어놓을까요?"

민민이 물었다.

"그래."

"알았어요."

"그런데 말이지……."

승우가 민민의 귀에 대고 속삭였다. 그 말은 들은 민민은 화들짝 놀랐지만 이내 표정을 가다듬었다.

[자, 효용이 끝난 이놈의 몸뚱이를 돌려줄 테니 일단은 전리품으로 가져가거라!]

악령의 사음(邪音)이 터져 나올 때였다. 별안간 그 뒤에서 낯익은 소리가 악령의 청각을 흔들었다.

[끼에에!]

끼에에?

'형?'

악령은 그 소리를 알고 있었다. 재빨리 돌아보는 악령. 그러자 이미 친디에게 먹힌 악령이 거기 출렁거리고 있었다.

[형!]

악령이 소리치는 순간, 승우의 권총이 불을 뿜었다.

타앙!

총소리… 계곡을 메아리치는 총소리! 그 소리는 여기저기로 흩어지다 겨우 잦아들었다. 그리고 정강이를 관통당한 길태곤이 풀썩 무너졌다.

"아저씨, 가요!"

민민이 치고 나간 게 그때였다. 미리 대기시킨 흰 코끼리 위였다. 흰 코끼리의 왕 네이벤에 올라탄 민민은 악령의 영기를 겨누며 선한 빛을 튕겨냈다.

[억!]

악령은 잔뜩 움츠린 채 길태곤의 깊은 의식 속으로 숨었다. 그러나 소용이 없었다. 네이벤의 빛은 의식의 끝까지 밀려와 거역할 수 없는 맑은 빛을 뿜어댔다.

[끼에엑!]

견디다 못한 악령이 길태곤의 몸 밖으로 튀어나왔다.

"지금이에요!"

민민이 빛을 모으며 소리쳤다. 승우도 접신 능력으로 발현된 영기를 거기다 보냈다.

잡으려는 의지, 그것을 오롯이 담아서. 승우의 영기가 회오리를 이루며 악령을 밀어붙이자 헐렁한 틈을 노린 민민의 빛이 악령의 중심을 통타했다. 손발이 아주 잘 맞았다.

[끼에에!]

악령은 몸서리를 치며 추락했다. 그 위로 빛의 고리들이 장쾌하게 내리꽂혔다. 민민이 올라탄 네이벤이 뿜어낸 위력이었다.

[끄에에!]

하나, 둘, 셋…….

순백의 고리가 거듭 속박을 해오자 악령은 결국 저항을 포기하고 말았다. 친디는 그때 벽력처럼 출격했다.

우어엉!

의식을 뒤흔드는 소리 없는 포효. 그것만으로도 악령은 이미 넋이 찢겨나가고 있었다.

파아아!

한순간, 끝도 없는 순백의 점이 세상을 밝히나 싶더니 악령의 혼은 수만 갈래로 찢겼다.

정지!

순간의 느낌은 그것이었다.

모든 것이 잠시 멈춘 상황……. 승우는 무수한 폭설의 눈발처럼 허공을 장식한 악령의 찌꺼기들을 보았다. 그리고 그 찌꺼기 역시 한순간에 친디의 입으로 빨려 들어가고 말았다.

[끼에에……!]

남은 건 아련하게 늘어진 악령의 신음이었다. 길고긴 그 신음의 끝이 귓전에 다 녹아버리고서야 세상은 다시 속도감을 찾았다.

"으헉!"

영기를 끌어올렸던 승우는 휘청거리는 몸을 겨우 세웠다.

"괜찮아요?"

그걸 본 민민이 궤적을 그리며 날아왔다.

"나는… 너는?"

"저도 보다시피……."

"다행이다."

"아저씨 덕분이에요. 사멸의 세계에 가둔 악령을 잠깐 내보내는 건 생각지도 못했거든요."

승우는 팔랑거리는 민민의 빛을 가만히 품에 품었다. 이 아이는 어쩌면 이렇게 용감할까? 아무리 미얀마 최고의 낫꺼도 할아버지의 축복을 받았더라도 한 번쯤은 겁을 낼 만도 할 상황이었다.

잠시 숨을 고른 후에 벼랑 위로 뛰었다. 이럴 때는 여전히 민민이 부러웠다. 그는 반딧불처럼 사뿐 날아 단숨에 길태곤에게 이르렀기 때문이었다.

"으……."

길태곤은 피가 흐르는 다리를 부여잡고 있었다. 보아하니 본래의 의식이 돌아왔다. 눈과 얼굴에서 풍기는 느낌이 아까와 달랐던 것이다.

"길태곤!"

"……?"

"나 누군지 알겠나?"

"……."

길태곤은 대답하지 않았다.

"그래도 이건 알겠지?"

승우는 신분증을 꺼내 코앞에 디밀었다. 길태곤의 넋이 한 번 더 나가는 게 느껴졌다.

그 사이에 숲에서 불빛들이 다가왔다. 그리고 낯익은 목소리들도 들려왔다.

"송 검사님!"

"송 검사님!"

수사관들이었다. 그들이 승우를 염려해 뒤따라온 모양이었다.

"여기야! 범인 잡았는데 부상을 입었으니까 구급차 좀 불러 줘."

승우가 벼랑 위에서 손나팔로 소리쳤다. 저만치 아래에 도착한 수사관들은 두 손을 흔들어 화답했다.

*　　　*　　　*

희대의 살인마 체포!

소문은 바람보다 빨랐다. 어떻게 알았는지 기자들이 물밀

듯이 몰려들었다. 하지만 승우도 조치를 취한 후였다. 수사관은 물론 경찰 병력까지 동원해서 기자들을 막았다. 길태곤은 무사히 병실로 들어갔다.

평펑평!

기자들의 카메라가 승우를 향해 쏟아졌다. 이건 피할 수 없는 일이었다.

"기괴한 살인 만행을 저지른 범인이 체포되었다고요?"

"범인이 총상을 입었다던데 흉기를 들고 저항한 겁니까?"

"송 검사님이 혈혈단신으로 추적했다던데 사실입니까?"

질문은 끝이 없었다. 일단의 질문이 끝나고 나서야 승우가 입을 열었다.

"총기는 상황상 적법하게 사용되었습니다. 그리고 범인은 경찰들과 수사관들이 저와 협력해서 잡았습니다. 더 자세한 건 범인을 조사한 뒤에 발표하겠습니다. 고맙습니다."

고맙습니다.

인터뷰를 끝내겠다는 신호였다. 그 뜻을 읽은 유 계장이 포진한 수사관들과 경찰들에게 눈짓을 보냈다. 그들은 일사불란하게 인의 장벽을 만들었고 승우는 유유히 기자의 숲을 빠져나갔다.

"검사님!"

병원에 들어설 때 차도형이 다가왔다.

"뭔가?"

"지시하신 게 나왔답니다."

"염산 드럼통?"

"예, 책하고 메모가 나왔다는데 현장에서 우선 메모를 보내 왔습니다."

"발효액 유전자 검사는?"

"유 계장님이 오 부장님 라인을 총동원해 초지급으로 부탁 했으니 곧 나올 겁니다."

"아, 그리고 수색현장 아래쪽에 보면 별장이 있을 거야. 거기 집과 이어지는 동굴이 있다니까 따로 좀 수색하라고 해."

"그러죠."

차도형의 대답을 들으며 승우는 메모를 받아 들었다. 빛이 바랜 낡은 종이에 쓰여진 길태곤의 친필. 딱 다섯 글자지만 아주 마음에 드는 단서였다.

"총알이 관통했지만 다행히 신경조직을 많이 해치지 않아 보기보다는 심각하지 않습니다. 다만 출혈이 심해서 일단 수 혈을 하면서 경과를 봐야 할 것 같습니다."

진료실에서 만난 담당 의사가 소견을 밝혔다.

"저희는 조사를 좀 해야 합니다."

의사의 말을 들은 승우가 말했다. 심각하지 않다는 데야 기 다릴 이유가 없었다.

"그건 안 됩니다. 하지 말단 쪽이라 생명에 지장은 없지만 환자의 상태를 더 지켜볼 필요가 있습니다."

"선생님!"

"내일 경과를 봐서 다시 말씀드리겠습니다."

의사는 승우를 무시하고 그냥 돌아섰다. 하지만 그는 더 걷지 못했다. 승우가 가운 자락을 잡은 것이다.

"검사님!"

장소는 병원이었다. 병원에서는 의사가 권력이다. 그걸 확인이라도 시켜주려는 듯 의사의 눈에 힘이 들어가 있었다.

"조사를 해야 합니다. 희생자들 가족이 결과를 기다리고 있고… 시민들도 궁금해합니다."

"나 참!"

승우는 정중히 요청했지만 의사의 입에서 좋지 않은 뉘앙스가 튀어나왔다.

"이봐요. 검사쯤 되면 아실 만한 분이. 지금 내 의학적 소견으로는……."

"빠라끌리또!"

의사가 목소리까지 힘을 실을 때 승우가 입을 열었다.

"빠라끌리또?"

"진료부원장… 혹시 이상균 박사 아닙니까?"

"맞는… 데요?"

아는 이름이 거명되자 의사가 주춤거렸다.

"번호 아시면 제가 왔다고 좀 전해주시겠습니까?"

이번에는 승우의 목소리에 힘이 들어갔다. 어쩐지 건조하고 오싹한 음성이었다.

원래 고기도 먹어본 놈이 잘 먹는 법이었다. 병원 안에서는 황제이자 호랑이인 의사가 목에 힘을 주었지만 그 방면이라면 승우를 당할 사람이 없었다. 무려 검사가 아닌가? 의사의 손에 사람 목숨이 달렸다지만 검사의 파워와는 델 것이 아니었다.

기가 꺾인 의사가 핸드폰을 꺼냈다. 그는 몇 발자국 떨어져서 통화를 했다. 이윽고 핸드폰을 접는 의사의 얼굴은 상한 자존심으로 시커멓게 죽어 있었다.

"조사하시지요. 대신 너무 무리하시지는 말고……."

승우를 돌아본 의사의 입이 마지못해 열렸다.

"배려해 줘서 고맙습니다."

승우가 가볍게, 그러나 느리게 고개를 끄덕해 주었다. 사람 보고 까불어라 하는 의미였다.

"검사님!"

모든 상황을 지켜본 차도형이 뒤를 따르며 입을 열었다.

"왜?"

"으아, 진짜로 자꾸만 검사님이 존경스러워지려고 그럽니다. 아까 기자들 답변부터……."

"그만하고 가서 물이나 좀 준비해. 길태곤이 담배 피우면 담배를 준비하든지……."

"병원인데… 담배까지 될까요?"

"내가 조사하는 동안은 임시 조사실이야."

승우가 잘라 말했다.

빠라끌리또!

승우가 빼 든 카드의 주인공은 고등학교 선배였다. 이 병원의 진료부원장을 맡고 있는 이상균 박사. 빌어먹게도 그와도 부정적인 추억이 있었으니 바로 주스 박스였다.

승우는 그 박스의 다른 용도를 이상균에게서 배웠다.

환자들의 투서와 진정, 고발이 이어지자 실사를 나왔던 승우는 병원에서 떡하니 이상균을 만나게 되었다. 이상균은 바로 지검의 부장 이름을 거명했다.

신임인 승우가 주춤거릴 수밖에 없었다.

게다가 족보를 따지고 들어가니 승우의 고등학교 선배. 결국 실사는커녕 포커스가 이상균의 애로를 듣는 쪽으로 맞춰지고 말았다.

이상균은 승우를 앉혀놓고 의사들의 현실에 대해 열변을 토했다.

환자들이 원하는 건 오직 완치. 그렇기 때문에 병이 고쳐지지 않으면 청와대에 찌르는 사람까지도 있는 현실이란다. 이런 환자들 중에는 병원을 백화점으로 알고 쇼핑하듯 드나드는 사람도 많단다.

오늘은 이 병원에 가서 진단을 받고, 내일은 저 병원에 가서 진단을 받은 후에 뭔가 좀 수틀리는 말이 나오면 그걸 빌미로 의사를 공격하는 진상 환자들…….

"아주 골머리라네."

이상균은 머리를 저었다.

"이 사람들이 여기저기 찌르다 안 되니까 이젠 아주 없는 말까지 지어내서 모함까지 한다네. 뭐 의사들이 자기들을 실험동물 삼아 제약회사 리베이트 받아먹는다나? 리베이트 그게 언제 적 얘긴가? 이젠 하다하다 안 되니까 해외 세미나에서 진행비 협조하는 거나 생일날 보내주는 케이크, 방문할 때 인사로 사오는 주스 한 박스 같은 것도 문제를 삼으니 그게 말이 되나?"

안 되죠.

승우는 어느새 선배의 편이 되어 있었다. 결국 주스 한 박스를 받아 들고 나왔다. 주스 따위를 받고 싶지 않았지만 선배의 이름으로 주니 거절할 수도 없었다. 그런데 그 안에 든 건 주스가 아니었다.

'허얼!'

당황한 승우는 박스를 들고 다시 이상균을 찾아갔다.

"주스 박스를 잘못 준 것 같다고?"

이상균은 승우의 박스 위에 또 하나를 겹쳐 주었다. '돈' 박스는 두 개가 되었다. 승우는 그때 알았다. 주스 박스나 음료

수 박스의 다른 용도에 대해서.

그 후로 이상균은 선배를 빙자해 승우에게 눈부신 향응까지 제공했다. 서로 짝짜꿍이 된 것이다. 그런 사이였으니 이 병원의 스텝 하나 누르는 건 일도 아닌 셈이었다.

딸깍!

먼저 문을 열고 들어선 승우는 문 앞에서 접신했다. 머리부터 발끝까지 싸아해지면서 전신에 영기가 흐르기 시작했다. 그걸 느낀 민민도 사뿐 날아올랐다. 병실 안에서는 뜻밖에도 죽음의 냄새가 싸아하게 풍겨났다.

죽음…….

'혹시 악령이 다시?'

민민이 가진 능력을 잘 알지만 신경이 곤두섰다.

완전한 사이코패스 살인자.

승우는 그 앞으로 다가섰다. 허공을 보고 있던 길태곤이 시선을 돌렸다. 두 시선이 마주쳤다. 길태곤이 히죽 웃었다. 친절함에 버무려진 광기, 그러나 승우는 거침없이 길태곤을 돌려 눕혔다. 죽음의 냄새가 풍겨나는 시발점을 보기 위해서였다.

장미 문신…….

그곳이었다.

등짝을 온통 꽃밭으로 만든 장미 문신… 피보다 붉은 색깔의 꽃잎. 죽음의 냄새는 그곳에서 맹렬하게 한기를 뿜고 있었다.

길태곤은 눈빛을 세웠다. 텅 빈 것 같으면서도 가득 찬 느낌. 사이코패스라는 느낌은 어디에도 없었다. 그는 아주 선량한 음성으로 선공을 날려왔다.

"날 쏜 검사님이시로군."

원망도 가책도 실려 있지 않았다.

뒤따라 들어선 차도형은 두 개의 충돌을 바라보고 있었다. 허술해 보이지만 틈이 없는 길태곤. 많이 허술한 검사였지만 엄청나게 변모한 송승우…….

"담배 한 대 주시렵니까?"

길태곤이 승우 옆에 선 차도형을 보며 말했다. 그 손에 들린 담배와 물병을 본 것이다.

줘!

승우는 눈짓으로 지시했다.

담배가 물려지고 차도형의 손에서 라이터가 불을 당겼다. 순간 승우가 생수 병을 집어 들었다.

뽁!

마개를 딴 승우는 한 모금을 마셨다. 길태곤은 담배를 문 채 승우를 주목하고 있었다. 승우가, 한 발 다가섰다. 그리고 길태곤의 머리 위에다 천천히 물을 부어주었다.

치익!

담배 꺼지는 소리가 들렸다. 물을 흠뻑 뒤집어쓴 길태곤이 천천히 고개를 들었다. 사이코패스들은 냉철하다. 여간해서는 자신을 드러내지 않는다. 그러나 반응했다.

한 모금 맛나게 빨아대려던 담배. 막 긴장이 풀리려는 순간에 물을 뒤집어썼다. 그 모욕감에 울컥한 모양이었다.

하긴, 울컥하게 만들기는 승우 주특기의 하나에 속했다.

"네 안에 있는 또 하나의 너!"

승우가 먼저 입을 열었다.

"너보다 더 놀라운 존재… 그 존재 안에 숨어 발산한 살인 광기……."

"……."

"그러나 알고 보니 하나가 아니라 둘. 두 놈이 합쳐 다섯!"

"……!"

"셋은 네가, 둘은 너이자 또 다른 존재가."

"무슨 말을 하는 건지……?"

흡사 선문답을 주고받는 것 같은 승우를 향해 길태곤이 나지막이 물었다.

"잘 기억해 봐. 머리가 아니라면 몸이라도 기억하고 있을 테니까."

"셋은 내가 죽인 거 맞아. 결과는 인정하지."

길태곤은 처음부터 끝까지 똑같은 어투로 말했다.

"다섯!"

"셋, 여기까지!"

길태곤의 눈매에 새끈 힘이 들어갔다.

"좋아, 셋은 왜 죽였나?"

승우는 시선을 창 쪽으로 돌렸다.

"뭐 그냥… 심심해서. 예쁘고 잘난 것들은 유린당하고 맞는 죽음 앞에서 얼마나 우아를 떠는지 궁금했을 뿐."

"여대생… 젊고 싱싱한 여자가 그리웠군. 하지만 그녀들은 너 따위 뒤틀린 성변태자를 거들떠보지도 않았을 테고……."

"맞아. 그래서 다 벗겨봤지. 옷 속의 옷까지……."

"이 새끼!"

발끈한 차도형이 주먹을 날렸다. 제대로 강타당한 길태곤이 침대 너머로 날아갔다. 차도형은 거기까지 따라가 길태곤을 깔아 앉고 턱을 난타했다.

"이 새끼야, 니가 그러고도 인간이야? 그 여자애들이 무슨 잘못이 있다고?"

"좋았어. 당신……."

금세 피떡이 된 길태곤은 여전히 같은 톤의 음성을 냈다.

"좋다고?"

"바로 이 자세로 내가 작업을 했거든. 자빠뜨리고… 벗기고… 몸부림치면 누르고… 또 벗기고… 벗기고……."

"닥쳐!"

차도형은 온몸의 체중을 실어 길태곤의 턱을 후려쳤다. 그래도 길태곤은 비명 한 번 없어 웃고 있었다. 악령을 보는 것 이상으로 오싹했다.

"셋은 오케이. 살해 방법은 당신이 입증해야겠지만… 아무튼 그 이상은 몰라. 100명 목표였는데 꿈이… 그래 맞아. 꿈만 오지게 꾸었지. 내 안의 내가 더욱 강력하게 여대생들을 제압하고 다니는 환상… 킥킥!"

"이 새끼가 진짜!"

흥분이 극에 달한 차도형, 다시 주먹을 겨누자 승우의 손이 다가왔다.

그만!

승우의 눈이 그렇게 말했다. 차도형은 분을 참으며 물러섰다. 그러나 승우가 다시 길태곤의 얼굴에 물을 뿌렸다.

"……?"

"목 마를까 봐. 안 그런가?"

승우는 조금 남은 물을 천천히 넘겼다. 둘은 차도형처럼 서두르지 않았다. 승우는 한없이 느렸고 길태곤도 느렸다. 느리게 더욱 느리게… 마치 달팽이처럼. 그게 지상과제인 듯…….

"그런데 말이야. 셋과 마찬가지로 둘도 꿈은 아니었어."

승우의 눈동자가 다시 길태곤을 겨누었다.

"무슨 증거로?"

"모른다?"

"당연히."

길태곤이 입술에 배어나온 피를 닦으며 히죽 웃었다.

"당연히라… 증거도 당연히 있지."

"그럼 대봐."

길태곤이 침대모서리를 짚고 일어섰다.

"그 전에 당신 스승을 데리고 왔어."

"……?"

"성은 존 조지고 이름은 하이던가? 아니, 미국 사람이니까 성이 하이고 이름이 존 조지일지도 모르겠군. 아무튼 뉘앙스가 개판이지? 존 조지… 게다가 하이?"

"무슨 헛소리를 하는 거야?"

"네 스승 맞잖아? 염산 드럼통 살인자, 그걸 모방해서 발효액에 사체 일부를 넣은 거 아닌가?"

승우가 꺼내 든 건 메모였다. 길태곤의 집 박스에서 나온 메모지. 그 메모에는 '존 조지 하이'라는 글자와 함께 별표가 세 개나 쳐있었다.

길태곤의 눈동자가 출렁거리는 게 느껴졌다.

"미안하지만 관련 서적도 찾았어. 다만 부피가 있어서 이걸 가지고 온 것뿐."

그때 차도형의 전화기가 울었다. 전화를 받은 그의 표정이 밝아지는 게 보였다. 좋은 소식이 온 모양이었다.

"발효액 검사에서 세 사람의 유전자가 나왔답니다. 처음에 죽인 세 명의 여대생과 일치한답니다."

"셋의 살해 방법 입증은 된 거지? 성폭행 후 살해, 나머지는 설명 안 해도 되겠지?"

승우는 침대 모서리에 엉덩이를 걸치며 길태곤을 돌아보았다.

길태곤의 표정이 멈췄다. 웃지도 울지도 않는 표정. 하지만 오래 가지는 않았다. 입꼬리가 올라가면서 씨익, 절반의 미소를 머금은 것이다.

짝짝짝!

길태곤이 박수를 쳤다. 그 오만함에 차도형이 미간을 구기자 승우가 미리 제지를 했다.

"재수 없게 이번에는 제대로 된 검사를 만났군. 저번 검사 놈은 우리 집을 수색하고도 헛다리만 짚었는데⋯⋯."

길태곤이 말하는 검사는 양 부장이었다.

"아무튼 과정 입증까지 하셨으니 승복, 채우서!"

길태곤은 아무렇지도 않은 듯 팔목을 내밀었다.

"아직 둘이 남았잖아?"

"미안하지만 덤터기는 사양. 발효액에 사체 일부를 넣은 건 맞아. 듣자니 인육이 몸에 좋다길래 말이야. 푹 삭힌 다음에 마시면 정력이 뻗쳐서 여자들이 뻑 갈 줄 알았지. 돈도 좀 벌고⋯⋯."

"이런 개새끼!"

다시 눈을 뒤집고 길태곤에게 달려드는 차도형을 승우가

막아냈다.

"마셨나?"

"아직……."

"팔았나?"

"그것도 아직……."

"조사해 보면 알겠지만 일단은 다행이군. 만약 둘 중 하나라도 했다고 하면 권총으로 네 고추에 구멍을 내서 저 창으로 던져 버렸을지도 모르거든."

"호오, 요즘 검사들은 그런 권리도 있나?"

길태곤의 반응에 냉소가 넘치기 시작했다.

"조사 중에 심한 가책과 죄의식을 느끼고 제 발로 뛰어내리는 친구들도 있거든. 당신도 그런 사람이 될지 모르지."

이번에는 승우의 표정이 싸아하게 바뀌었다. 그러자 길태곤의 표정이 굳어버렸다.

"자, 그럼 나머지 두 여대생에 대해 말해볼까?"

"……?"

"그 둘은 발효보다 더 치욕스러운 죽음을 맞았어."

"……?"

"인간이기를 포기한 살인마… 그 살인마의 일부가 되었거든."

"무슨 소리를?"

"네 안의 또 다른 네가, 그러나 너의 일부인 그가, 마성이 커진 그 악마가 여대생들을 흡수해 버렸다. 기억나지 않나?"

"……?"

"돌려세워!"

단호한 지시와 함께 차도형이 길태곤을 제압했다.

"웃옷 벗겨!"

"무슨 짓을 하는 거야?"

길태곤은 저항했지만 차도형의 제압을 벗어날 수는 없었다. 차도형은 우월한 자세를 지키며 그의 환자복을 단숨에 찢어 버렸다.

찌익!

소리와 함께 길태곤의 등짝이 고스란히 드러났다.

"웃!"

등짝을 확인한 차도형이 주춤 물러섰다.

등짝!

문신이 있었다.

문신에 두 가지 붉은색이 있었다. 방금 전에 피를 바른 듯 선명한 검붉은색과 선홍색. 마치 생화(生花)를 피운 것 같은 두 색의 장미가 그곳에 죽음의 꽃밭을 이루고 있었다.

"그거 조금 채취해서 국과수에 넘겨."

승우의 지시가 떨어졌다.

"이봐, 대체 무슨 짓이야? 내가 여대생 신체 일부를 흡수하다니?"

차도형의 손아귀에서 길태곤이 몸부림을 쳤다.

"기억나지 않겠지?"

"물론! 내 명예를 걸고!"

픽!

거기서 승우의 발길질이 길태곤의 안면을 내질렀다.

"너 따위는 명예라는 단어를 입에 올릴 자격이 없어. 그리고……"

길태곤의 모습보다 더 냉혹하게 바뀐 승우가 말을 이어갔다.

"기억 따위도 소용없어. 우리는 명백한 증거를 가지고 있으니까."

"증… 거?"

"잡아떼는 건 범인들의 주특기, 증거를 찾는 건 우리의 일."

승우는 길태곤을 바라보며 쐐기를 박았다.

"그게 어디 있다는 거지?"

길태곤이 게슴츠레한 눈빛을 날려왔다.

"네놈의 장미 문신… 그 붉은 염료가 바로 두 여대생의 피다!"

콰앙!

"……?"

길태곤의 눈이 절반쯤 뒤집히는 게 보였다. 악령에 빙의되었던 몸이라 그때의 기억까지는 확실치 않은 길태곤. 그러나 악령이 간간히 빙의를 풀어주는 통에 어렴풋이 아른거리기도 하는 기억…….

두 주검의 냄새.

승우는 확신하고 있었다. 이 빙의는 물론 살인마 길태곤이 저지른 악행과 갈래가 달랐다. 길태곤의 몸을 빌린 악령의 짓이기 때문이다.

하지만 그 전에 이미 천인공노할 토막 살인 범죄를 저지른 사이코패스. 두 개의 사건을 따로 취급할 생각은 전혀 없었다. 그가 자초한 자업자득이니 검사로서 오직 증거를 댈 뿐.

등에 박힌 장미 문신.

그 문신에 들어 있는 두 피살자의 혈액.

길태곤이 아무리 부정한다고 해도 바뀔 수 없는, 살인의 증거로 명백했다.

4장
빛나는 개가

오창윤 부장이 기자회견실로 들어섰다. 승우는 그 뒤에 있었다. 조기호와 함께. 하지만 배석한 사람들이 더 있었다.

유 계장과 차도형 등의 수사진들, 더불어 경찰을 대표하는 석경표 반장까지 포진했다. 이건 승우의 의견이었고, 아주 이례적인 일이었다.

〈희대의 살인마 길태곤!〉

그는 결국 다섯 명의 여대생을 죽인 혐의로 기소되었다. 그 숫자보다 놀라운 건 살아 있는 사람의 혈액을 문신 염료로 쓴 엽기적인 만행이었다.

국과수에서 그런 감정이 나오자 고참 검사들조차도 혀를

내둘렀다. 그들 중 일부는 엽기 살인마 수사 경험이 있는 사람들. 인육은 먹은 경우까지 본 그들도 생피를 뽑아 문신 염료로 썼다는 점에 대해서 몸서리를 금치 못했다.

흡혈살귀 검거!

일부 기자들은 기사의 제목을 그렇게 뽑았다.

피를 몸에 바른 걸 흡혈의 일종으로 본 것이다.

물론, 길태곤은 두 건의 살인에 대해서는 인정하지 않았다. 그러나 소용이 없었다. 등짝에 희생자들의 혈흔이 남아 있는 한 공허한 메아리가 될 게 확실했다.

다만 발표 과정에서 조율된 게 있었다. 바로 악령에 의해 희생된 두 사체의 상태에 관한 것.

하나는 산에서 승우가 발견한 사체, 또 하나는 양 부장이 지휘를 맡았던 여대생의 사체가 그것이었다.

두 사체는 공히 공통점이 있었다. 전자는 유골이 현저하게 일그러졌고 후자 역시 입 주변과 주요 뼈에 일그러짐 현상이 있었다.

승우는 그 결과만은 빼버렸다. 이는 이강순 사건처럼 현대 과학으로 설명할 수 없는 사안. 곧이곧대로 발표하여 국민들의 불안을 살 필요가 없었다.

수사 실무자들 역시 다소의 의혹을 가지고 있었지만 사건 자체가 너무 참담한 데다 현장 검증으로도 증명될 일이 아니라서 살인죄 자체를 중시하고 사체의 형상에 대해서는 불가사

의한 확률이 미친 정도로 이해하고 넘어가게 되었다.

"이상으로 수사 결과 발표를 마칩니다. 수사책임자로서 너무 참담하여 희생자들에게 심심한 애도를 표하는 바이며, 다시는 이런 비극이 일어나지 않기를 바라는 바입니다."

장문의 수사 결과를 낭독한 유 부장이 묵례와 함께 발표를 끝냈다.

하지만 끝이 아니라 시작이었다. 이제부터 기자들의 포화가 쏟아질 시간이었다.

"길태곤이 범인이라는 확신은 어느 단계에서 선 겁니까? 이미 용의자로 불려왔다가 풀어준 것으로 아는데요?"

마침내 십자포화가 쏟아지기 시작했고, 그건 주임검사였던 승우의 몫이었다.

승우의 시선이 기자회견장 구석으로 날아갔다. 뒷문 출입구 앞에 몇몇 간부들과 양 부장이 보였다. 양 부장과도 연관성이 있는 사건. 그가 관심을 가지는 건 당연한 일이었다.

그럼 혹시 그도 왔을까?

비리 검사의 상징이자 대부로 통하는 국종도… 한눈에 스캔을 끝냈지만 그는 보이지 않았다.

"처음부터 길태곤은 각종 여대생 실종 사건의 용의자로 주목하고 있었습니다."

승우가 첫 답변을 시작했다.

"하지만 별 혐의를 포착하지 못하고 놓아주지 않았습니까?

그건 중대한 실수가 아니었나요?"

두 번째 기자의 질문이 터지자 양 부장의 인상이 찡그려졌다.

"맞습니다. 자칫 제5, 6의 희생자가 나올 뻔했습니다."

기자들은 인해전술을 펼치기 시작했다.

"그건 실수가 아니라 고도의 전략이었습니다."

승우가 힘주어 대답했다. 그 말에는 양 부장의 반응이 더 크게 다가왔다.

자칫 자신의 오판이 고스란히 드러날 수 있는 상황. 그러니 승우가 응수한 반응은 빛이 담긴 긍정의 시그널이었다.

"전략이라고요?"

당연히, 또 다른 기자가 말을 받았다.

"그때는 증거가 불충분하던 차였습니다. 그 상태로 영장을 청구했으면 길태곤은 법정에서 빠져나갈 공산이 컸습니다. 그래서 우리 검찰은 고도의 전략을 썼던 겁니다."

승우의 목소리에 힘이 들어가기 시작했다.

"길태곤을 풀어주고 증거 보강에 착수했습니다. 물론, 그의 거처와 신변은 철저하게 감시하면서 말입니다. 그 결과 결정적인 제보가 들어왔고 그의 여죄에 대한 사체와 구체적인 범행 증거를 밝히는 쾌거를 올린 것입니다."

승우는 기자들 너머의 양 부장을 보았다. 잔뜩 구겨졌던 그의 미간이 펴지고 있었다.

"이 사건은 너무 치밀하고 가공스러운 것이라 일반적인 수사기법으로 길태곤의 범행을 밝히기 어려웠습니다. 그러니 기자 여러분도 그 점을 참고해 주시기 바랍니다."

"그럼 장미 문신에 대해 설명해 주십시오. 범인은 왜 다섯 명의 여대생 중에서 두 명의 여대생에게서만 혈액을 뽑아 문신에 넣은 겁니까?"

"그건 범인의 성도착증이 점차 극한에 달한 것으로 짐작되고 있습니다. 실제 그의 집에서는 미국의 각종 엽기적인 살인자에 대한 자료나 소설 '향수' 같은 책들이 나왔는데 몇몇 군데는 의미 있는 밑줄이 그어져 있었습니다."

"의미 있는 밑줄이란 무엇입니까?"

"우선 드럼통 살인자를 예를 들죠. 그건 길태곤이 발효액에 사체의 인육 일부를 넣음으로써 범죄 오마주를 시도한 것으로 볼 수 있습니다. 등 문신에다 피 염료를 쓴 것 또한 향수의 주인공 그루누이가 아름다운 것을 훔치기 위해 여자를 죽이고 그 여자의 향을 그대로 뽑아간 것과 연결할 수 있을 겁니다. 말하자면 길태곤 자신이 살해한 여자를 성폭행하고 그 피를 문신에 간직함으로써 영혼의 정복을 꿈꾸었을지도 모르지요."

영혼!

거기서 좌중의 신음이 새어 나왔다.

"그렇다면 어떻게 문신에 피로 색을 낸 겁니까? 유전자 검사를 보면 마지막 희생자의 피 역시 길태곤의 등 문신에 있다는데 정작 문신사는 그보다 훨씬 전에 살해하지 않았습니까?"

날카로운 질문이 이어졌다.

"본인은 부인하고 있습니다만 그가 아마 그 문신사에게서 혈액으로 효과를 내는 법을 배우지 않았을까 생각하고 있습니다."

"그게 가능합니까?"

"죄송하지만 길태곤은 보통 사람이 가능하다고 생각하지 않은 일을 한 사람입니다. 사회적 파장을 고려해 구체적인 범행 과정을 밝히는 건 자중하겠습니다. 해서 질문은 여기서 끊을까합니다만……."

"잠깐만요, 그럼 발효액은요? 길태곤이 발효액을 만들어 판매를 해왔다는데 혹시라도 인육이 녹은 그 발효액을 먹은 사람이 있는 겁니까?"

우!

이어지는 기자의 질문이 또다시 장내를 흔들었다. 인육이 녹은 발효액. 불특정 다수들이 그걸 먹었다면 그 또한 엄청난 사회적 파장이 될 수 있었다.

"없습니다."

승우는 일단 잘라 말한 후에 뒷말을 이어갔다.

"보도 이후에 그에게 발효액을 산 사람들이 남은 걸 보내왔고 모두 국과수에서 분석을 한 바 다행히 인육이 든 드럼통의 것은 아닌 것으로 밝혀졌습니다."

승우의 말과 함께 기자들이 웅성거리는 소리가 메아리를 이루었다.

"그럼 마지막으로 질문 하나 하겠습니다."

합의가 끝난 건지 고참 기자가 손을 들었다.

"말씀하시죠."

"길태곤은 왜 이렇게 끔찍한 살인마가 된 겁니까? 취재 결과 혈육 없이 고아로 컸지만 주변 평판은 좋은 사람이라고 하던데……."

"기자님은 그의 겉모습만 취재를 하셨군요. 제가 볼 때……."

승우는 잠시 긴장을 끌어올린 후에 남은 말을 계속했다.

"그는 천사의 미소 속에 은신한 악마였습니다."

"우!"

가라앉았던 장내가 다시 술렁거리기 시작했다.

"그게 제일 무섭죠. 선량함으로 위장한 악마의 두 얼굴……. 그는 처음에 젊은 여대생을 성으로 제압했지만 내재된 악마성의 유혹을 견디지 못했습니다. 그 결과 성폭행 후의 여자를 세상에 없었던 존재처럼 만들고 싶었죠. 완전하게 그녀들의 삶을 정복하려고 했던 겁니다. 그래서 살인의 방법이 점점 흉포해졌고 급기야는 인육 발효액에, 혈액을 제 몸에 흡수하고 다니는 방법까지……."

"우우!"

"살인마에 대한 건 이쯤하시고, 그동안 이 사건을 위해 불철주야 애써준 분들 몇 분 소개하겠습니다. 모든 건 이분들의 피땀이 이룬 개가이니……."

승우가 단상의 수사관들을 향해 시선을 돌렸다.

"덧붙이자면 몇몇 현장 수색에 동원되었던 경찰관과 의경들 중에는 지금 정신과 치료를 받고 있는 사람도 있음을 참고해 주시기 바랍니다."

승우는 반듯한 목소리로 유공자들의 호명을 시작했다.

"먼저 석경표 반장님!"

석경표는 얼떨결에 서 있다가 자신의 이름이 호명되자 눈알을 뒤룩거렸다.

"사체 발굴과 현장 지휘에 혁혁한 공을 세우신 분입니다. 이분이 아니었으면 길태곤을 법정에 세우지 못할 수도 있었습니다."

승우의 소개가 빠르게 이어졌다. 유 계장이 나오고, 차도형과 권오길, 나수미 등이 나오고 조기호 검사도 나왔다.

조기호! 물론 그는 소개받을 만한 공헌이 없었다. 하지만 승우는 따로 복안이 있었다. 그래서 의도적으로 끼워 넣었다.

기자들은 이례적인 일에 주목하고 있었다.

초대형 살인 사건의 해결. 그렇다면 그 공은 죄다 부장 검사나 담당검사에게 돌아가는 게 상례였다. 나머지 현장 경찰이나 수사관은 나중에 표창장이나 한 장 달랑 챙겨주면 그만이었다.

그런데 승우는 지금 그 공의 하이라이트를 수하들에게 돌리고 있었다. 물론 수뇌부의 허락까지 얻은 일이었다.

수뇌들 역시 다소 못마땅했지만 승우는 초대형 사건을 해결한 검사. 무시할 수 있는 입장이 아니었다.

기자들은 고개를 갸웃거리며 나갔다. 뒷문 쪽에 있던 간부들도 군말 없이 퇴장했다.

"송 검사 수고했어."

유 부장이 다가와 승우의 어깨를 쳐 주었다.

"저보다는 석 반장님과 우리 수사관들, 그리고 조 검사가……."

여기서도 승우는 조기호를 챙겨주었다.

"에이, 제가 뭘 했다고……."

뻘쭘해진 조기호가 목을 긁으며 말했다.

"아무튼 다들 고생했어. 나가자고. 오늘 점심은 내가 뽀지게 쏠 테니까."

"우, 우리도 말입니까?"

권오길이 눈을 동그랗게 뜨며 물었다.

"당연하지. 사건 해결의 특등 공신이 자네들이라는데 내가 무슨 힘이 있어? 다들 가자고."

"저는 서에 볼일이 있어서······."

경찰에서 나온 처지라 혼자만 따로국밥처럼 굴던 석 반장은 정중하게 사양 의사를 밝혔다.

"석 반장님 안 가시면 우리 전부 못 갑니다. 산에서 밤낮으로 개고생한 게 누군데요?"

옆에 있던 승우가 고개를 저었다. 단호했다.

"같이 가시죠. 우리 송 검사님··· 원래 저런 인성 아니잖아요? 너무 거절하면 옛날의 그······."

유 계장은 석 반장의 귀에 대고 뭔가를 속닥거렸다.

"그럼 할 수 없죠. 나도 옛날 송 검사님이 내 앞에 있으면한 대 갈겨주고 싶은 판이니까."

석 반장은 사람 좋게 웃으며 승낙 의사를 밝혔다.

"그럼 렛츠 고입니다!"

신바람이 난 권오길이 앞장을 섰다. 사건을 해결하고 나서는 순간. 매연 서린 바람조차도 시원하기만 했다. 그때였다. 승우의 눈에 낯익은 얼굴이 들어왔다

'국 차장님?'

아까는 보이지 않던 국종도, 그가 경비실 앞에 버티고 서있었다.

"축하해!"

그는 다짜고짜 손을 내밀었다. 승우는, 잠시 그 얼굴을 바라보다 악수를 받았다.

"먼저 가. 자리 잡으면 문자하고."

승우는 권오길에게 사인을 보냈다.

"회식?"

오 부장과 조기호가 묵례로 지나가자 국종도가 물었다.

"예!"

"좋지, 사건 해결 후에 거나하게 만찬이라……."

"더 하실 말 없을 걸로 아는데요?"

"틀렸어. 할 말이 있다네."

국종도가 빙그레 웃었다.

"무슨?"

"자네 말이야, 요즘 말로 나를 완전히 멘붕시켰어."

"……?"

"솔직히 자네 속내가 궁금한 게 사실이었네. 자네가 내 수제자로서야 부족함이 없지만 사건 수사는 개밥 아니었나?"

"……."

"난 자네가 이 사건으로 무참히 깨지는 걸 보고 싶었네. 그런 다음에 내게 와서 싹싹 빌면 한잔 먹이면서 송충이와 솔잎의 역학관계에 대해 일장 훈계라도 할 생각이었지."

"그렇다면 실망을 드리게 되었군요."

"자네가 처음이야."

"실망을 드린 사람 말입니까?"

"실망을 시키고도 나를 뿌듯하게 하는 사람……."

"······?"

"미운 정 고운 정이라고 자네가 변모한 모습도 괜찮군. 이
제 자네가 한 말 믿겠네."

국종도의 입가에 미소가 스쳐 갔다.

"차장님······."

"우리 말에 첫 끗발이 개 끗발이라는 말이 있지? 공연히 나
를 만나 원망도 많았겠네만 이제라도 한 번 열심히 해보시게.
나는 송 검사와는 가는 길이 다르지만 한때는 내 수족이기도
했으니 열심히 응원하겠네. 표시내지 않고."

국종도가 또다시 손을 내밀었다. 아까와는 아주 다른 의미
였다.

"이해해 주서서 고맙습니다."

승우, 이번에는 기꺼이 악수에 응했다. 국종도는 손을 들어
보이고는 차를 향해 걸어갔다.

부웅!

국종도. 그의 차가 승우를 스쳐 갔다.

아주 가뜬하게!

그의 뒷모습에서 앙금 따위는 더 엿보이지 않았다.

하지만 승우는 또 하나의 인기척을 느꼈다. 이번에는 양 부
장이었다. 승우를 마주본 양 부장은 입을 열지 않았다. 그저
승우의 어깨를 톡톡 두 번 두드려 준 게 전부였다.

화해의 손길.

네 배려가 고맙다는 뜻.

그 의미 역시 승우는 알았다. 이래저래 많은 것이 가뜬해지는 순간이었다.

*　　　　　*　　　　　*

"하하핫!"

일식집에서 웃음소리가 흘러나왔다. 내실에 자리 잡은 승우의 점심식사는 화기애애했다. 오래지 않아 김혁도 합류했다. 승우를 축하해 주기 위해서였다.

"아, 아쉽네. 나도 좀 일찍 합류했으면 영광의 끄트머리라도 함께 누리는 건데……."

김혁은 쿨했다. 조금도 시기하지 않고 있었다.

"지금 다들 난리야. 나보고 복 터졌다고 말이지. 이제 좌 김혁 우 송승우라나 뭐라나?"

오 부장도 더 좋을 수 없었다. 마지못해 끌어안았던 승우가 대박에 대박을 터뜨린 꼴이었다.

"이제 나도 목에 힘 좀 주게 생겼어. 부장 회의에서도 면이 선다고."

"부장님, 그러시다 영전하시는 거 아닙니까?"

구석에 있던 유 계장이 반가운 딴죽을 걸고 나왔다.

"영전? 시켜주면 좋지. 공무원치고 그거 마다할 사람이 있나?"

오 부장이 웃으며 말했다.

그때까지도 석 반장은 그저 의례적인 미소만 짓고 있었다. 경찰의 몸으로 혼자 낀 석경표, 나머지는 전부 검찰이었으니 이래저래 편치 않을 자리였다.

"그런데 유 계장님!"

승우, 석 반장을 바라보다가 포문을 유 계장에게 열었다.

"예, 검사님!"

"아까 석 반장님이랑 내 흉봤죠?"

둘이 귀엣말을 주고받은 걸 기억하는 승우였다.

"에이, 그거…… 너무 많이 알면 다치십니다."

"괜찮으니까 말해보세요."

"그럼 우리 이 자리에서 쫓겨날지도 모르는데?"

"괜찮다니까요."

"좋습니다. 이제 송 검사님이 예전의 밴댕이가 아니니……"

유 계장은 석 반장을 힐금 바라본 후에 말을 이었다.

"너무 거절하면 옛날의 개망나니 버릇 나올지도 모른다고 했습니다."

"개망나니요?"

승우가 미간을 찡그렸다.

"뭐 솔직히 예전 같으면 검사님이 하루에도 몇 번씩… 우리끼리 말하는 멍멍이 족보에 이름을 올리실 때도……"

"석 반장님도 공감입니까?"

승우가 석경표를 바라보았다.

"뭐 검찰 직원들 좋은 시간에 이런 말 하기는 그렇지만 솔직히 나는 그보다도 나쁜 평가를 내렸었습니다."

"부장님!"

듣고 있던 승우가 파뜩 자리에서 일어섰다. 돌연한 행동에 한순간 긴장감이 감돌았다.

아무리 승우가 변했다고 해도 좀 심한 말이 나온 경우. 화를 낸다고 해도 탓하기 어려운 순간이었다.

"송 검사, 그냥 웃자고 한 말 같은데……."

오 부장이 황급히 사태를 정리하려고 나섰다.

"아닙니다. 이 자리에서 꼭 짚고 갈 말이 있습니다."

"……?"

"저기 저 석 반장님 말입니다."

승우의 시선이 석경표에게 건너갔다. 석 반장은, 집어든 회를 어쩌지도 못하고 승우를 바라보고 있었다.

겁을 먹은 표정은 아니었지만 잔뜩 굳은 표정. 그런 그를 한동안 주목하던 승우, 다들 긴장이 극에 달할 때 뜻밖의 말을 쏟아냈다.

"제 방으로 긴급 파견을 요청합니다!"

"……!"

파견!

느닷없는 말에 실내는 또 한 번 정적에 휩싸였다.

"부족한 제가 갑자기 이런 말을 해서 죄송합니다만 한 번 도와주시기 바랍니다. 석 반장님!"

승우는 석 반장을 향해 정중히 묵례를 했다.

석 반장은 손에 들었던 회 조각을 떨구고 말았다. 어안이 벙벙한 것이다.

"진심인가?"

오 부장이 물었다.

"그럼요. 이번에도 운이 좋아 범인을 잡았지만 아직 배울 게 너무 많습니다. 그러니 상이라고 생각하시고 석 반장님을 붙여주십시오. 부탁드립니다."

승우, 이번에는 묵례의 방향을 오 부장에게 틀었다.

"허어!"

"부장님!"

"부탁드립니다."

"석 반장은?"

오 부장이 석경표를 바라보았다. 경찰의 검찰 파견은 종종 있는 일이었다. 그러나 예전과 달라서 본인이 고사한다면 불 가능했다.

"송 검사님, 거 늙은 퇴물 데려다 장난하는 것도 아니고… 정 경찰이 한 명 필요하면 내가 젊고 똑똑한 인물로 하나 추천해 드리죠."

석 반장이 승우를 향해 말했다.

"다른 경찰은 다 필요 없습니다. 저한테 필요한 건 석 반장님뿐이니까요."

승우의 표정은 분명했다. 그 기세에 눌린 석 반장은 더 말하지 못했다. 승우는 거기서 쐐기를 박았다.

"그럼 오 부장님과 석 반장님이 다 수락하신 걸로 알겠습니다. 새 가족에게 환영의 박수를 부탁드립니다."

승우가 먼저 박수를 시작했다. 그러자, 유 계장과 차도형 등도 박수를 승우의 뒤를 따랐다. 사건 해결 뒤풀이 방은 어느새 새 직원 축하의 방으로 변하고 있었다.

"한 잔 올리지요. 앞으로 잘 부탁드립니다."

승우가 소주병을 들고 석 반장을 바라보았다.

"나참… 난 검사님한테 맺힌 게 많아서 짐만 될 텐데……."

석 반장은 반주로 받아둔 소주를 들이켜고 새 잔을 받았다.

꼴꼴꼴!

술잔 채워지는 소리가 상큼했다.

분위기는 더 좋아졌다. 물과 기름처럼 겉돌던 석 반장. 그도 이제 검찰 식구가 되었기 때문이었다.

"솔직히 현장에서 송 검사님 봤을 때는 머리가 띵했습니다. 이 사건 물 건너가는구나 하고……."

석 반장은 재회의 소감을 솔직하게 피력했다.

"하핫, 저는 그 반대였습니다. 석 반장님 오시길래, 아, 이 사건 잘 풀리겠다 했지요."

승우는 반대로 말했다. 그렇지만 솔직한 마음이었다. 석 반장의 뚝심을 누구보다 잘 알고 있던 승우. 한때는 젊은 치기와 비리의 화신인 까닭에 대놓고 불뚝거리는 석 반장이 마음에 들지 않았지만 경찰로서의 실력과 소신은 높이 사던 차였다.

한참 분위기가 고무되는 순간, 종업원이 들어섰다.

"저기… 송 검사님 계세요? 손님이 오셨는데……."

'손님?'

"나가봐."

오 부장이 턱짓을 했다.

승우는 자리를 털고 일어섰다. 카운터로 나온 승우는 바로 인상을 찡그렸다. 열성 빠라 중의 한 명이 거기 있었던 것이다.

"아이고, 앙축드립니다. 송 검사님!"

40대 초반의 빠라는 허리가 부러져라 자세를 낮췄다.

"여긴 어떻게 알고?"

"어떻게 알다뇨? 당연히 와야죠. 그동안 제가 동남아 시장 개척에 바쁘다 보니 어제야 귀국을 했습니다. 여기 계산은 제가 했으니 끝나시면 바로 좋은 곳으로……."

"누구 마음대로 계산을 했단 말입니까?"

승우가 인상을 긁었다.

"죄송합니다. 제가 미리 알고 처음부터 좋은 곳에 멍석을 펴서 검사님 면을 세웠어야 하는데… 아무튼 2차에서 제가 화끈하게……."

"이 사장님!"

"예, 혹시 원하는 곳이 있으시면 언제라도 하명을……."

빠라는 다시 허리를 꺾었다.

"됐으니까 다시는 이러지 않아도 됩니다. 이제 서로 그만 봅시다."

"아이고, 송 검사님. 제각 격조해서 화가 나셨군요. 이제부터라도 목숨 걸고 잘하겠습니다."

놀란 빠라가 호들갑을 떨었다.

"그런 거 아닙니다. 그러니까 다시는 내 앞에 나타나지 마세요. 한 번만 더 내 허락 없이 눈에 뜨이면 그땐 지금까지 봐준 거 전부 한 방에 털어버릴 줄 아세요."

"……?"

"사장님!"

승우는 시선을 회집 주인에게로 돌렸다.

"예!"

"이분이 계산하신 게 얼마죠?"

"회 넉넉히 넣으라며 100만 원을……."

"그거 좋은 회로 떠서 이분에게 드리세요. 테이크아웃으로!"

"송 검사님……."

"많이 먹고 앞으로는 착하게 사세요. 아셨죠?"

승우는 그 말을 남기고 돌아섰다.

"저, 저……."

빠라는 손을 내밀었지만 승우를 잡지는 못했다. 장난이 아닌 걸 느낀 까닭이었다. 빠라는 손수건을 꺼내 목까지 내려온 땀을 닦아냈다. 쉴 새 없이 고개를 갸웃거리며.

"죄송합니다."

내실로 돌아온 승우가 다시 자리에 앉았다. 다행히 분위기는 여전히 좋아 보였다.

그러나!

"그나저나 이번 사건… 제보자가 누굽니까? 저뿐만 아니라 다들 궁금해하는데 일부만이라도 공개하시면?"

새로 들어온 튀김을 한입 문 유 계장이 승우에게 물었다. 마침 새우튀김을 집던 승우의 손이 거기서 멈췄다. 수사진 중의 누군가는 짚고 넘어갈 것 같았던 건. 그게 결국 나오고 말았다.

제보자!

직원들이 궁금해하고 있었다.

그건 오 부장의 눈도 마찬가지였다.

"그렇군요. 다들 그게 궁금하시겠군요."

승우는 튀김을 포기하고 젓가락을 내려놓았다. 그사이에도 방 안의 눈동자는 죄다 승우에게 쏠려 있었다.

"솔직히 말씀드리면… 제보자는 저도 모릅니다."

"……?"

눈동자들이 한꺼번에 똑같은 반응을 보였다.

"그럼 대체 어떻게?"

터져 나온 질문도 비슷했다.

"그게… 진짜로 제 차에 워드로 친 제보가 꽂혀 있었습니다. 그냥 무시하기엔 너무 디테일해서 조사를 했고, 그게 이런 개가로……."

"그 워드는 가지고 있나?"

오 부장이 물었다.

"아닙니다. 제보자가 말미에 적은 조건이 공개하지 말고 태워 버리는 게 있어서, 그렇게 하면 다음에도 유용한 제보를 준다기에……."

"……?"

"죄송합니다. 저도 처음에는 과거에 돌던 행운의 편지 같은 장난인 줄 알았는데 확인해 보니 의미가 있어서요."

"두어 사건을 연속으로 말이죠?"

다시 이어지는 유 계장의 질문.

"예, 아마 제 인생에 귀신이 쓰인 모양입니다."

승우는 웃으며 말을 맺었다. 더 끈다고 이해될 일도 아니었고 이해시킬 일도 아니었다.

"그렇다면 진짜 고마운 귀신이군요. 오래오래 검사님에게 씌여 있었으면 좋겠습니다."

유 계장이 고개를 끄덕였다. 승우가 그렇다는 데에야 그도 더 할 말이 없었다.

"아, 나도 그런 귀신이나 씌었으면 좋겠습니다. 척 보면 척 범인을 잡아낼 수 있는 천리안……."

듣고 있던 권오길이 입맛을 다시며 말했다.

"권 수사관은 처녀귀신이 씌어야 하는 거 아니야? 그것도 가슴 빵빵하게 큰 처녀귀신."

유 계장이 나서자.

"어머, 유 계장님. 그거 성희롱 될 수 있어요."

나수미가 슬쩍 여자가 있음을 상기시켰다.

"어, 미안… 난 나수미 씨가 왜 여자로 생각이 안 되지?"

"뭐라고요? 그건 진짜 성희롱이에요!"

"어? 그래? 미안, 미안!"

유 계장이 손사래를 치자 방 안은 다시 웃음으로 덮였다.

"하하핫!"

치열한 수사 끝에 누리는 약간의 한가로움, 좋은 순간이었다.

*   *   *

바빴다.

사건이 끝나도 쉴 새가 없었다. 공판검사에게 자료도 넘겨 줘야 했고, 그동안 도움을 준 사람들에게 전화도 해야 했다. 후자는 유 계장의 조언이었다.

인맥은 유기체.

제아무리 슈퍼맨일지라도 혼자서 할 수 있는 일은 사뭇 제한적이었다. 게다가 인간은 이기적. 뭔가 기여를 했을 때 챙겨 주지 않으면 반감을 품게 마련이었다.

'사람 우습게 아네?'

'오냐, 다음에는 두고 보자.'

그 심리는 승우도 잘 알고 있었다. 그건 승우가 빠라끌리 또들에게 느끼던 감정과도 일맥상통하고 있었다. 어떤 빠라가 몇 번을 충성하는 동안, 한 번도 나타나지 않는 빠라가 있다면? 그건 당연히 괘씸죄 감이었다.

저녁에는 지검장과 식사를 해야 했다. 직속 차장인 허광문도 배석했고 형사부의 부장들도 몇 사람 함께했다. 양 부장도 한 자리를 차지했지만 그뿐이었다.

혹시라도 딴죽을 건다면 양 부장이었겠지만 승우가 회견장에서 선수를 친 까닭에 그조차 우호적이었다.

그래서 대접 한 번 제대로 받았다.

세상은 확실히 요지경이었다. 승우는 간부들과 식사를 하고 술을 마신 적도 꽤 있었다. 물론 승우가 인맥 관리를 겸해 만든 자리였고 그때 역시 폭풍 칭찬을 받았었다. 하지만 그건 단지 침 바름에 불과했다. 그런데 오늘은 그렇지 않았다.

"이거 이러다 대검에서 송 검사 데려가는 건 아닌지 모르겠어?"

지검장은 흡족한 말을 남기고 1번으로 떠났다. 당연히, 승우는 마지막까지 남아 부장 검사들을 배웅했다. 다 떠나보내고 나니 11시가 가까운 시간이었다.

이제 내 차례인가 싶을 때 편의점 쪽에서 소란이 들려왔다.

"씨발 놈들, 다 죽여 버릴 거야. 조까튼 세상!"

소란의 주인공은 취객이었다. 술에 취한 50대가 상의를 벗은 채 편의점에서 내놓은 쓰레기통과 박스를 차고 있었다.

주변에 사람들이 있지만 아무도 나서지 않았다. 가만 보니 애꿎은 편의점 여학생 알바만 두려움에 떨고 있었다.

"뭘 봐? 씨발아?"

취객이 승우를 보며 눈알을 부라렸다.

소위 말하는 주폭!

경찰도 주폭은 싫어한다. 체포해 봤자 별 실익도 없는 데다 지구대에 데려다놓으면 밤새 난동까지 부린다. 그러니 슬쩍 모른 척 넘어가는 게 상책이다.

하지만 주폭 주변 사람들은 그렇지 않다. 불안에 떤다. 어쩌다 시비에 휘말리면 그만한 더욱 그랬다.

'오늘 착한 일을 했던가?'

비리라고 불릴 만큼 나쁜 일은 하지 않았다. 하지만 착한 일 한 기억도 없었다.

승우는 깽판을 부리는 주폭 옆에서 전화기를 뽑았다. 신고를 했지만 경찰은 오지 않았다. 다시 전화를 했다.

"나, 지검 송 검사입니다!"

그 한마디가 쥐약이었다. 순찰차는 2분 만에 도착했다.

"가감 없이 조사해서 상습적 주폭이면 반드시 검찰에 송치하세요."

승우는 신분증을 보여주었다. 경찰은 바로 주폭을 연행해 갔다.

집으로 돌아온 승우는 샤워를 하고 달빛이 내리는 창가에 앉았다. 언제부턴가 밤에 불을 켜지 않는 게 일상이 되었다. 민민을 위해서였다. 민민은 마치 반딧불처럼 나른하게 모습을 드러냈다.

"밍글라바!"

"밍글라바!"

인사는 거의 동시에 이루어졌다. 민민이 승우의 얼굴 가까이 다가왔다.

"나 착한 일했다."

승우가 말했다. 민민의 수준에 맞추려다 보니 너무 어린아이 같은 말투였다.

"봤어요."

"그럼 꿀잠 가능?"

"그게 아니어도 가능했어요. 멋진 일을 해내셨잖아요?"

"사건 마감한 거?"

"네!"

"그거야 절반은… 아니, 거의 네 도움 덕분이지."

"전 같으면 제가 도왔어도 하지 못했을걸요?"

민민을 둘러싼 빛이 좀 더 생생하게 파닥거렸다.

"그건 100% 공감!"

"그리고 아까 회집에서의 유혹도……."

"하핫, 그 사람들 참. 그나저나 민민……."

"네?"

"접신 말이다. 좀 더 개념을 정리해야 할 거 같아서……."

"궁금한 게 있으면 말씀하세요."

민민이 허공을 맴돌며 말했다.

"악귀들 말이야. 대체 얼마나 있는 거냐? 그리고 종류는? 보아하니 약한 놈부터 센 놈까지 천차만별인 거 같은데 그럼 이번에 해치운 형제 악귀보다 센 놈들도 많은 거냐?"

"그럴 거예요. 아름다운 선이 있으면 그걸 지우려는 악이 있다고 했거든요."

"그럼 너하고 나, 친디가 힘을 합치면 뭐든 다 제압할 수 있는 거냐?"

"글쎄요."

"아닐 수도 있다?"

"할아버지가 제게 모든 힘을 준 건 아니거든요. 제가 어린 탓도 있었고 할아버지가 아픈 탓도 있었고요. 더구나 여긴 미얀마 땅이 아니잖아요. 할아버지 말이… 욕망이 강한 곳에는 악령의 힘도 그에 따라 강해진다고 했어요."

"그렇구나."

승우는 고개를 끄덕거렸다. 기본적으로 민민은 어린아이. 위대한 낫꺼도의 축복을 받았다고 해도 모든 것을 알기에는 무리였다.

게다가 한국처럼 욕망덩어리 사람들이 많은 곳이 또 있을까?

"우리 오늘은 같이 잘까?"

"매일 같이 자고 있지 않나요?"

"팔목 말고, 한국식으로."

"한국식요?"

"미얀마에서는 어떠냐? 같은 침대에서 자는 경우는 없어?"

"우리 집에는 침대가 없었어요."

민민이 살포시 고개를 저었다.

"그럼 오늘은 내가 알려주마. 마음에 들면 좋겠는걸?"

승우는 침대로 가서 벌렁 누웠다.

"이리 컴 온!"

승우가 손짓을 하자 민민이 나풀 날아왔다.

"여기 누워라."

승우는 옆자리를 가리켰다.

"이렇게요?"

민민은 승우의 손끝에 닿을 듯 작은 몸을 누였다.

"오케이, 괜찮아?"

"네."

"그럼 자자."

승우가 눈을 감았다.

"아저씨!"

그때 민민이 말을 걸어왔다.

"응?"

승우가 다시 눈을 떴다.

"아저씨는 왜 혼자 살아요?"

"응?"

"아저씨도 누구 기다리게 하는 건 아니었으면 좋겠어요. 기다리는 사람은 언제나 힘들어요. 우리 엄마처럼……."

"……."

"엄마가 이제는 나를 기다리고 있을 텐데……."

"민민……."

"아, 아까부터 아저씨 엄마가 웃어요. 흐뭇하신가 봐요."

"……."

"쉴게요."

민민이 돌아눕자 승우는 그 몸을 가만히 감싸 안았다. 그런 다음 가슴팍 위에 올려놓았다. 가슴 위에 올려진 순수한 빛의 민민. 마음이 짠해졌다.

승우의 수호령 엄마.

더 묻고 싶었지만 그러지 않았다. 돌아보니 그건 민민에게 죄가 될 것 같았다. 처음이라면 모르지만 이제는… 엄마 타령따위는 접어버리는 게 좋았다. 어린 민민도 저리 의연하므로.

'그렇지 엄마?'

가만히 허공을 돌아본 승우는 눈을 감았다.

승우가 잠들자 민민은 가만히 날아올랐다. 그런 다음 승우의 얼굴을 맴돌았다. 마치 고단한 승우에게 자장가라도 되려는 듯. 승우가 깊이 잠든 걸 확인한 민민은 그제야 승우의 손목으로 돌아갔다.

하르르!

하르르…….

들릴 듯 말 듯한 그 소리는 마치, '아저씨 나는 괜찮아요' 하는 것처럼 들렸다.

5장
젖아기 손가락 무당

아침 출근 시간, 승우는 자가용을 끌고 오피스텔을 나섰다. 새로 바뀐 차는 마음에 들었다. 낡았지만 길이 제대로 들어 있었다. 게다가 악령이 씌인 개에게서 승우를 보호하지 않았던가?

"밍글라바!"

운전석에 앉으면서 승우는 혼자 중얼거렸다. 민민을 향한 인사였다. 어떤 때는 민민이 조수석에 앉은 것 같기도 했다. 파리하던 때를 생각하면 기분이 좋아지지 않을 수가 없었다.

백미러에는 빨강 파랑 끈을 딴 줄도 달았다. 미얀마식 낫 꺼도의 축복이었다. 이렇게 하면 행운이 온단다. 승우는 그걸 미얀마 자료에서 알았고, 팔목에도 그런 띠를 찼다. 민민을 위해 수고를 아끼지 않은 것이다.

사실, 빨강 파랑은 엄마에게서도 익숙한 색이었다. 엄마가 꽃갓에 철릭으로 갈아입고 장구 앞으로 나설 때 보면 늘 빨강과 파랑이 가득했다.

'또 정수리가 근질거리네?'

승우는 머리를 긁었다. 비듬이 있는 것도 아닌데 이따금 근질거리는 정수리. 지난번 술공을 여는 접신을 한 이후로 더 심해진 것 같았다.

'머리카락을 너무 뽑아대서 그런가?'

피식 미소를 남기며 승우는 가속기를 밟았다.

도로로 나오자 줄 지어 가는 검은 세단들이 보였다. 구형의 세단들은 진한 선팅 탓에 안이 보이지 않았다. 그때 그들 앞으로 소형차가 깜빡이를 넣으며 끼어들었다.

빵빵!

세단들이 일제히 클랙슨을 울리기 시작했다. 끼어든 소형차와의 간격을 좁힌 세단의 앞차가 멈췄다. 이번에는 소형차가 경적을 울렸다. 시위라도 하려는 듯 세단에서 어깨들이 나왔다.

"……?"

창으로 고개를 내밀고 기세를 올리던 소형차 운전사, 바로 울상이 되고 말았다. 보통 어깨들이 아니었다.

"어이!"

어깨 하나가 어깨에 힘을 주며 소형차를 꼬나보았다.

"예?"

"쪼까 내려야쓰것다."

어깨의 목소리는 각이 제대로 잡혀 있었다.

"왜, 왜요?"

잔뜩 겁을 먹고 되묻는 운전사.

"씨벌 새키야. 내리라면 내리지 웬 말이 많아? 확 목뼈를 훑어서 복대를 만들까 보다."

어깨가 손을 들어 올리자 운전사는 혼비백산을 했다. 보아하니 이제 갓 사회초년생으로 보이는 20대 중반의 남자. 조금 서두르다 완전히 새된 날이었다.

"이봐요. 줄 지어 진행을 방해한 건 당신들이잖아? 그만하고 갑시다."

뒷줄에 선 승우가 창을 열고 말했다. 그러자 어깨들의 시선이 승우에게 날아왔다.

"뒈지고 싶냐? 어디서 끼어들어, 씨발아!"

꽁무니에 서서 '가오'를 잡고 있던 떡대가 승우를 향해 눈을 부라렸다. 근육을 꿈틀거리자 여기저기 문신이 보였다.

문신으로 저렴한 협박이나 일삼는 걸 보니 주먹들 중에서도 조무래기에 불과했다.

승우는 문을 열고 내렸다. 그런 다음 어깨를 지나 앞에서 두 번째 차량으로 걸어갔다.

"이 새끼 뭐야?"

또 다른 어깨가 입술을 실룩거렸다. 그렇거나 말거나 승우는 두 번째 세단의 창에 신분증을 들이댔다. 문은 바로 열렸다. 정중히 묵례를 한 건 그들 무리를 이끄는 중간보스였다.

"나 알아?"

승우가 신분증을 넣으며 물었다.

"송승우 검사님, 말씀은 많이⋯⋯."

"사장이 누구야?"

"어길영이라고⋯⋯."

중간 보스가 말끝을 흐렸다. 서울에서 행세 좀 하는 어깨들 중에 승우를 모르는 사람이 어디 있을까? 만약 있다면 그건 그냥 치기 어린 양아치일 뿐이었다.

"이러고 다니는 거 어 사장이 알아?"

승우의 시선이 소형차 쪽으로 옮겨갔다.

"죄송합니다. 신입들이 뭘 몰라서⋯⋯."

"사과하고 차 빼자고. 나 지각하겠어."

"알겠습니다."

짧게 답한 중간 보스가 옆의 어깨에게 눈짓을 날렸다.

"죄송하게 되었습니다. 이해해 주십시오."

어깨들이 두엇 소형차로 다가가 운전사에게 자세를 낮췄다. 그런 다음 일사불란하게 세단에 올랐다.

승우 역시 차로 돌아왔다. 세단들은 일제히 옆으로 비켜섰다. 파도가 갈라지듯 절도가 있었다. 승우는 열린 길을 달렸다.

'민민…….'

잠시 손목을 돌아보는 승우…….

'이것도 착한 일이지?'

아이처럼 물었다. 민민의 빛이 창을 넘어 들어온 아침 햇살에 섞여 반짝반짝 대답을 해왔다.

"좋은 아침!"

사무실 문을 열며 아침인사를 했다. 차도형만 빼고 다들 출근해 있었다.

"검사님 커피는 책상에 있어요."

나수미가 책상을 가리켰다.

"땡큐!"

승우는 가방을 놓고 의자를 당겼다.

"커피 맛 좋죠? 나 수사관은 바리스타로 전직해야 한다니까요."

유 계장이 차를 들고 다가왔다.

"또 뭐 터졌군요?"

촉을 느끼며 묻는 승우.

"어이구, 진짜 귀신이시네. 검사님이야말로 서울역에 돗자리

퍼셔야겠습니다."

"뭔데요?"

"이런 게 마침내 우리 지검 홈피에도 올라왔지 뭡니까?"

유 계장이 출력한 종이를 내밀었다. 탄원서였다.

"탄원서요?"

"뿐만 아니라 인터넷 포탈과 법무부, 청와대 신문고까지……. 요즘 인터넷을 활활 달구는 청원이랍니다. 서명자만 무려 130만 명!"

130만 명 청원.

실로 대단한 반응이었다.

"한 번 볼까요?"

승우는 차를 내려놓고 장문의 탄원서를 펼쳤다.

탄원서를 쓴 사람은 19살의 고3 여학생이었다.

개요는 아내의 살인범으로 체포되어 10년을 복역하고 병보석으로 나온 아버지가 누명을 쓴 거니 재수사로 결백을 밝혀 달라는 내용이었다. 아버지의 한을 풀기 위해 딸은 혈서까지 올려놓은 상황이었다.

"혈서?"

그 말이 목에 걸린 승우가 물었다. 유 계장이 출력물을 내밀었다. 핏빛 붉은색으로 출력된 한 줄의 문장이 거기 있었다.

— 우리 아빠는 무죄입니다!

피 흘림 글자체가 아픔으로 다가왔다.

"어떤 사건이죠?"

10년 전 사건. 승우가 알 리 없는 사건이었다. 승우는 혈서를 내리며 물었다.

"당시에 꽤 유명했던 정화조 살인 사건입니다."

"정화조요?"

승우가 고개를 들었다.

"예. 아내를 죽여서 정화조에 던져 버린. 그래서 나중에 사체를 정화조에서 찾게 되는 바람에 더 유명해진……."

"아, 그거. 저도 학교 때 사례연구하면서 들은 것 같습니다. 장애 남편이 외도하는 아내를 죽여 유기한 거라고……."

"그렇게 났었지요. 기소도 그렇게 된 것 같습니다."

"그럼 남편이 만기출소를 한 건가요?"

"보니까, 당뇨합병증 때문에 병보석으로 나온 것 같습니다."

"그런데 범인이 아니다?"

"글을 보니 그렇게 주장하고 있군요."

"우리 지검이 기소한 사건이었나요?"

"그건 아닙니다."

"흐음……."

승우는 다른 출력물을 살펴보았다. 최근 들어 이런 경우가

더러 있었다. 하지만 경찰이나 검찰이 지난 사건까지 챙겨줄
여유는 없었다.

이 탄원도 마찬가지였다. 본인은 어떤 기구한 사정이 있는
지 모르지만 시간과 함께 묻혀갈 게 분명했다.

"그나저나 정화조에다 사체를 유기하다니 아내에게 맺힌 게
많았던 모양이군요?"

승우가 중얼거렸다.

"그럴 수도 있었겠지요. 이 당시에 주부들 사이에 인터넷 채
팅 불륜이 유행할 때라 너도 나도 호기심에……."

"비극이군요."

승우는 출력물을 넘겼다. 그러다 첨부된 혈서를 다시 보게
되었다.

두근!

어린 여학생의 혈서이기 때문일까? 가슴에 격한 울림이 왔
다. 탄원서는 바로 이것 때문에 더 많은 네티즌들의 공감을
얻고 있었다.

탄원서에는 정화조는 물론 사건 당시의 개요도까지 세밀하
게 덧붙여져 있었다. 주목되는 건 피살자의 어머니가 무당이
라는 사실이었다.

영험한 젖아기를 태주로 삼은 무당은 한때 엄청난 신통력이
있었고, 앉은뱅이를 일어나게 하고 장님을 눈뜨게 하고 딸의
간질까지도 굿으로 고쳤다는 것……. 물론, 그건 과장일 것이

다. 그래도 이런 저런 이유를 더해 귀신 붙은 사건이라는 풍문까지 떠돌았던 모양이었다.

무당?

귀신 붙은 사건?

두 단어는 승우의 눈에 오래 남았다. 굿으로 간질을 낫게 한다. 사실 여부를 떠나 과거에는 종종 시도되던 일이기도 했었다.

그때 혈서가 다시 눈에 들어왔다. 글자 옆에 아까는 보이지 않던 작은 기호 하나가 보였다. 승우에게는 낯익은 것. 바로 부적풍의 기호였다. 하지만 단 하나뿐이었기에 어쩌면 피가 튄 것일 수도 있었다.

이유야 어쨌든 순간적인 감정으로 무너진 가정의 평화. 그것만으로도 커다란 비극이 아닐 수 없었다.

그때 문이 열리며 오 부장이 들어섰다.

"부장님!"

승우를 비롯해 수사관들이 일어섰다.

"아아, 그냥 편하게……."

안으로 들어선 오 부장이 말을 이었다.

"뭐야? 티타임?"

"한 잔 드릴까요?"

순발력 좋은 나수미가 물었다.

"기왕이면 두 잔!"

그 말과 함께 오 부장이 복도를 가리켰다. 그 손을 따라 한 남자가 들어섰다. 털털한 옷차림에, 주름살이 쓱쓱 깊어진 남자, 바로 석경표였다.

"석 반장님!"

승우가 제일 먼저 반색을 했다.

"그쪽 서장이 정색을 하는 걸 내가 엉덩이 좀 긁어줬어. 송 검사 부탁이니 그냥 넘어갈 수 있어야 말이지."

오 부장이 웃으며 생색을 냈다.

"어서 오십시오. 환영합니다."

승우는 석 반장에게 다가가 손을 내밀었다.

"어허, 이거 임무 완수하자마자 바로 찬밥이군."

오 부장은 어깨를 으쓱하며 웃었다.

"솔직히 이 나이에 파견 같은 게 달가울 리 없지만 검사님 옆에서 옛날 원수 좀 갚아보려고 왔수다."

석경표의 입가에 따뜻한 미소가 스쳐 갔다.

"잘 오셨습니다. 고맙습니다."

승우는 기꺼이 그를 맞았다. 선 굵은 현장수사로 경찰을 대표하는 석경표. 그가 합류하니 천군만마를 얻은 기분이었다.

"그나저나 정화조 사건 청원들 봤어?"

오 부장이 사무실을 둘러보며 물었다.

"예……."

대표로 대답하는 유 계장.

"그것 때문에 위에서 뒤숭숭한 모양이야. 자칫하면 우리가 덤터기 쓸 것 같아."

"위라면?"

"총장님이 청와대로 불려갔다는 말이 있어."

청와대?

그렇다면 예사로운 일이 아니었다.

"재수사 지시가 우리 지점에 떨어지는 겁니까?"

"그보다 더 심각한 거 같아."

"그보다 더 심각하다면?"

유 계장이 오 부장을 바라보았다.

"그동안 쌓인 미제 사건 있잖아? 이번 기회에 그거 다 원점에서 검토해야 한다는 얘기가 청와대 참모진 사이에서 나오는 모양이야. 총장님이 불려간 것도 그와 무관치 않고…….."

"아니, 미제 사건 전부를 말입니까?"

유 계장이 되물었다.

"아니길 바라야겠지만…….."

오 부장의 시선이 승우에게 건너왔다.

"왜 저를?"

"그게, 이런 말해서 뭣하지만 이번 송 검사 일로 청와대가 고무가 된 모양이야. 현재의 검찰 수준이면 그동안 미제로 덮은 사건들 상당수는 다시 검토해 볼 만하지 않겠냐는…….."

"설마 송 검사님에게 총대를 메게 하려는 건 아니겠죠?"

유 계장이 우려를 표명했다.

"나도 그게 걱정이야. 지검장님 의사도 그렇고……."

오 부장은 그 말을 남기고 306호 검사실을 나갔다.

"아, 하여간 이놈의 나라는 즉흥적인 거 꽤나 좋아한다니까요. 기를 쓰고 엽기 사건 해결해 놓으니 이제 온갖 걸 다 떠안기려 하다니……."

"청원 때문일 거예요. 서명자가 무려 130만 명을 넘었으니 여론 눈치를 보는 거죠."

유 계장의 말에 나수미가 혀를 차며 나섰다.

"왜들 이러십니까? 나 몰라요? 나는 윗선에서 내놓은 사람입니다. 괜한 얘기일 테니 그동안 밀린 사건들이나 처리하세요."

승우가 나서 교통정리를 해주었다.

검찰!

인물 많다.

서울도 그렇지만 각 지검마다 걸출한 검사들이 몇은 포진하고 있었다.

대검은 또 어떤가? 전국 검사들 중에서 똘망한 인재를 추린 부서들이 꽉 차 있으니 청와대의 관심이 승우에게 쏠릴 일은 없었다. 승우는 그렇게 생각하고 석경표 환영 점심식사를 예약했다.

＊　　　　＊　　　　＊

"반장님, 드세요!"

다수의 원에 따라 불고기 백반으로 간단한 환영식을 치룬 승우, 직원들을 먼저 보내고 석경표와 둘이 남았다. 그런 다음 전문 커피점 테라스에서 커피를 나누게 되었다.

"어이쿠, 이런 커피 마시면 늙은 독수리 배가 놀랄 텐뎁쇼."

"그거 참수리 아닙니까?"

승우가 웃으며 물었다.

"맞습죠. 하지만 저는 그냥 독수리가 좋습디다."

석 반장도 따라 웃었다.

"다방 커피 스타일이시군요?"

승우는 앞자리에 엉덩이를 눌렀다.

"독수리들이 다 그렇죠. 그나마 자판기 앞에나 가야 아는 직원 얼굴도 보게 되고……."

"와주셔서… 다시 한 번 고맙습니다."

"웬걸요. 사람 일이라는 게 두고 봐야 아는 겁죠."

석 반장은 신중했다. 나잇값을 하는 것이다.

"다른 건 몰라도 전처럼 허투루 하지는 않겠습니다."

"듣던 중 반가운 소리구려."

"저 좀 도와주시다가 애로가 있으면 말씀하십시오. 제 욕심 만 차릴 수는 없으니……."

"그럽시다. 나도 여기서 쓸모가 없으면 당연히 다시 독수리 둥지로 가얍죠."

석 반장이 주름을 구기며 웃었다. 세파로 굳은 얼굴에 어울리지 않는 미소지만 승우를 편하게 만들었다. 마음이 다소 놓일 때 전화기가 울렸다.

디롱동동!

"여보세요!"

전화를 받자, 오 부장의 목소리가 흘러나왔다.

—어디야?

"근처에서 점심 식사 중입니다만……."

—빨리 들어와. 지검장님이 찾으셔.

지검장?

느낌이 좋지 않았다.

"호출입니까?"

석 반장이 찻잔을 놓으며 물었다.

"그러네요. 아마 석 반장님 스카우트 기념으로 초대형 사건 하나 안겨주려나 본데요?"

승우가 일어섰다.

저벅저벅!

오 부장과 승우, 나란히 복도를 걷는 발소리에서 긴장감이 묻어났다. 오 부장의 표정 때문이었다.

뭘까?

짧은 시간 동안 승우의 뇌리에 많은 것들이 스쳐 갔다. 전 같으면 어디선가 들어온 비리 투서일 가능성이 높았다.

물론 그건 아직도 유효했다. 한동안 빠라들을 만나지 않았고, 굵은 사건을 몇 개 해결했지만 과거와 단절한 시간이 길지 않기 때문이었다.

"앉게!"

지검장은 창가에 서 있었다. 상의도 벗지 않은 모습. 대검찰청에서 돌아온 지 얼마 되지 않았다는 반증이었다.

"나쁜 일입니까?"

오 부장이 신중하게 입을 열었다.

"이것 참. 청와대도 할 일깨나 없지……."

지검장, 고개를 저으며 소파의 상석에 앉았다.

"혹시 정화조 사건 때문입니까?"

짚이는 곳이 있는 듯 되묻는 오 부장.

"맞아!"

지검장은 한마디로 화답했다.

정화조 살인 사건 청원.

승우의 촉이 불안하게 고개를 들었다.

"그럼 들리던 대로……?"

유 부장이 묻자 지검장의 시선이 승우에게 향했다. 잠깐의 침묵 뒤에 반갑지 않은 말이 튀어나왔다.

"총장님이 송 검사를 지목했어."

지목?

긴장하고 있던 승우의 촉각이 곤두섰다.

"아니, 그건 너무하는 거 아닙니까? 이미 재판이 끝나고 출소까지 했으니 다 끝난 사건을… 아무리 청원 숫자가 많다고 해도 그렇지 총장님까지……!"

"총장님이 아니라 청와대에서 직접 송 검사를 거명했다네."

"……!"

청와대란다.

승우와 오 부장, 거의 동시에 머리카락을 쭈뼛 세웠다.

"지검장님, 대체 무슨 말씀인지?"

마침내 승우도 대화에 끼어들었다.

"정화조 사건 말일세, 국민들이 납득할 만한 결과가 나올 때까지 재수사를 하라는 오더야!"

"……!"

"지검장님!"

오 부장의 목소리 끝이 높아졌다.

"탓하지 말게나. 우리나라 정치는 여론 중심이라는 거 모르나? 지금 자칫하면 건국 이후의 미제 사건들까지도 일제 재수사 지시가 떨어질 판이라네."

"아무튼 송 검사는 안 됩니다. 지검장님도 아시다시피 송 검사, 이제 겨우 자리 좀 잡아가는 상황입니다. 그러니 그거 재수사하려거든 대검의 베테랑들에게 맡기십시오. 맨날 목에 힘주는 친구들 아닙니까?"

오 부장, 작심한 듯 승우를 편들고 나섰다.

청와대의 오더!

정치 오물이 덕지덕지 묻어 있다. 결코 반가운 일이 아니었다. 자칫 소기의 성과를 내지 못하면 희생양으로 몰릴 수도 있었다.

"나도 그 생각했지만 버스는 떠났네. 총장님 특별 명령이셔. 더구나……."

지검장은 시계를 보았다. 그러더니 승우를 향해 말했다.

"방송 좀 켜보게. 청와대에서 담화를 발표한다던데……."

말하는 표정이 사뭇 무겁다. 지시를 받은 승우가 리모컨을 눌렀다. 채널을 돌리자 대통령 모습이 클로즈업으로 나왔다.

─친애하는 국민 여러분, 지난번 흡혈 살인마 사건으로 얼마나 놀라셨습니까? 국민의 한 사람으로서 분노를 금치 못하며 피해자 가족 여러분께 심심한 위로의 말씀을 드립니다.

대통령의 담화.

그야말로 전격적이었다.

─저는 이 사건을 기회로 대통령으로서 치안의 부재와 강력범죄를 일소하려는 의지를 밝히고자 합니다. 강력범들이 설치는 사회에서는 결코 사회적 안녕을 기대할 수 없음이니…따라서 금번 인터넷 청원이 올라온 사건을 필두로 검경의 역

량을 총동원하여 한 사람의 억울한 피해자도 없도록 미제 사
건을 원점에서 재검토할 방침임을 천명합니다.

검경의 역량 총동원!

우려하던 발언이 끼어 나왔다. 아니, 끼어 있는 게 아니라
'분명'하게 강조되고 있었다.

"끄게!"

지검장이 넥타이를 느슨하게 풀며 말했다. 빨간 바탕에 파
란 무늬가 수놓아진 넥타이. 한순간 승우는 무복을 상상했
다. 빨강과 파랑이 뒤섞인 화려한 의상을 따라 무당이라는 단
어가 따라왔다.

무당, 정화조 피살자의 어머니, 귀신 붙은 사건.

소문과 뒤섞인 단어들이 소나기가 되어 승우의 머리를 찔
렀다. 그게 승우의 등을 떠밀었다.

"이제 됐나……?"

그 틈을 비집고 지검장의 눈길까지 날아왔다. 대통령이 나
서서 밝힌 강력한 의사. 그걸 내가 뭘 어쩌리? 지검장이 생략
한 의미는 그런 것이었다.

"지검장님!"

오 부장이 열을 올리는 사이에 승우가 나섰다.

"제가 맡겠습니다."

승우의 대답에 오 부장의 시선이 쏠려왔다. 승우는 대통령
처럼, 한 번 더 강조해 주었다.

"제가 맡겠습니다!"

복역자의 딸이 혈서까지 쓰며 아버지는 범인이 아니라고 강변한 사건.

무당 딸의 참담한 주검에 귀신들린 사건이라는 풍문이 붙은 사건. 10년이나 멀어졌던 정화조 사건이 승우에게 배정되는 순간이었다.

*　　　*　　　*

"정화조 사건 우리가 재수사를 하게 되었습니다."

승우의 한마디에 사무실은 찬바람이 불었다. 무려 10년 전 사건이었다. 당시에도 골치를 썩었던 사건이었다. 그런 사건을… 10년이 지난 지금 와서 재수사?

윗대가리들이 맛탱이가 갔구나!

수사관들의 표정은 그렇게 말하고 있었다.

"그냥 제가 사표 낼까요?"

승우가 분위기 전환용 멘트를 날렸다. 그때서야 여기저기서 반응이 나왔다.

"아, 아닙니다. 까짓것 한 번 해보면 되는 거지 사표라뇨?"

"맞습니다. 이보다 더한 경우도 있었지 말입니다."

뒷말은 유 계장이 한 말이었다.

이보다 더한 경우도 물론 있었다. 그러나 해묵은 사건들의 재수사는 대개 좋은 결과를 보지 못했다. 혹시라도 증거가 보존되고 있으면 모를까 모든 게 희미해진 탓이다.

십 년이면 강산이 변할까?

그건 옛말이다. 디지털 사회인 요즘은 속도감이 더했다. 그러니 10년 전이면… 곰팡이가 슬어버린 얘기였다.

증거도, 목격자의 기억도, 심지어는 피해자와 가해자의 기억도 희미해지기 때문이다.

"허어, 내가 일복은 있군요."

구석 책상에 자리를 잡은 석 반장, 투박한 손으로 뒷목을 벅벅 긁었다.

"일단 사건이첩부터 받으세요. 수사 관련자들도 하나도 빠짐없이 체크하고요."

시작이었다.

카르페디엠.

승우는 그 말을 새겼다. 이제는 너무 진부한 말이지만 피할 수 없다면 즐기는 게 상책이었다. 승우는 탕비실 쪽으로 걸어가 포트에 스위치를 넣었다.

"어머, 커피 타시게요?"

놀란 나수미가 물었다.

"그냥 앉아 있어. 내 밑으로 온 덕분에 뺑뺑이 치게 생겼으니 한 잔씩 돌려서 아부하려는 거야."

승우는 믹스커피의 끝을 찢었다.

"어이쿠, 굴려먹는 대가치고는 좀 저렴한데요?"

커피를 받아 든 유 계장이 너스레를 떨었다.

"에이……."

차도형은 그래도 못마땅한 표정이다. 큰 건을 맡았다는 것, 그건 바로 늦은 귀가를 의미하고 있었다. 신혼의 단꿈에 젖은 그로서는 불만이 나올 만했다.

"써요."

나수미의 커피 평은 아주 솔직했다. 하긴, 이런 커피가 맛있을 리 없었다. 상황이 상황 아닌가?

자리로 돌아온 승우는 청원서 출력물을 펼쳤다.

—우리 아빠는 무죄입니다!

빨간 혈서가 눈에 들어왔다. 순간, 그게 왜 부적처럼 보였을까? 엄마가 만들던 부적…….

경신일…….

커피 향과 함께 그 단어가 떠올랐다. 부적은 아무 때나 쓰는 게 아니었다. 쓰기 좋은 날이 따로 있었다. 첫손에 꼽히는 건 천간에 경자가 들어가는 날. 다음으로 갑자가 든 날도 대체로 길일로 꼽혔다.

그중에서도 첫손에 꼽히는 건 경신일. 하지만 일 년에 딱 여섯 번뿐이다. 그다음으로 좋은 게 바로 자시다. 귀신들이 활발히 활동하는 시간이라 효험을 받는다고 한다.

정갈하게 경면주사를 간 엄마는 북쪽을 향해 7배를 올리고 신단을 향해 인사를 올렸었다. 그런 다음, 진지하게 경면주사를 갰다. 더러는 승우가 울어도 모를 만큼 몰입을 했다. 그게 미워 괜한 투정을 부린 적이 있었다. 그래도 엄마는 부적을 완성시킬 때까지는 돌아보지 않았다.

'피해자의 어머니가 무당이면 탄원자는 손녀……'

승우의 눈은 다시 혈서에 꽂혔다. 그리고 작은 기호를 더듬었다.

'소망부(素望符)……'

생각이 났다. 그 기호는 소망부에 쓰이는 문자였다. 자신의 소원이 이루어지기를 바라는 소망부. 그렇다면 이 소녀, 이 의미를 알고 썼다는 얘기였다.

"나수미 씨!"

승우가 고개를 들었다.

"네!"

"박상천은 수술 중이라고요?"

"네. 그게 아니어도 상태가 좋지 않답니다."

"그럼 일단 탄원자부터 불러들여요."

승우는 재수사의 첫 돌을 놓았다.

탄원자 박주하, 열아홉 살.

그녀가 조사실에 들어섰다. 평범한 여학생이었다. 그녀는 제일 먼저 혈서 원본을 내놓았다. 바짝 마른 상태였지만 피

냄새가 느껴졌다. 그런데 한 장이 아니었다. 뒤에 또 다른 혈
서가 있었다.

"우리 아빠가 쓴 거예요."

박주하는 또박또박 말문을 열었다.

―나는 아내를 죽이지 않았습니다!

박주하의 아버지, 그러니까 살인죄로 복역하고 나온 박상천
의 혈서도 한 문장이었다.

"학생……."

권오길이 박주하에게 넌지시 주의를 주었다.

"그냥 둬요."

그걸 본 승우가 권오길을 제지했다. 사무친 마음으로 비장
하게 왔을 검찰청, 무엇보다 그녀의 말을 듣는 게 우선이었다.

"직접 썼니?"

승우가 혈서를 보며 물었다.

"아팠을 텐데……."

"……."

"왜?"

"억울해서요."

"아버지의 무죄를 확신하니?"

"예."

"이유는?"

승우는 계속 낮은 목소리를 이어갔다. 여학생이 위압감을 느끼지 않도록 배려하는 것이다.

"아빠가 울었어요."

여학생이 답한 이유는 간단했다.

다리에 장애를 가진 박상천. 그는 딸 앞에서 한 번도 울지 않았다.

사건 당시 어렸던 박주하였지만 그것만은 또렷이 기억하고 있었다. 엄마의 장례 때도, 구속되어 수감이 될 때도 아빠가 울지 않았다는 걸.

박상천은 그런 사람이었다.

장애를 딛고 사는 동안 안으로 다져진 인내와 자기 절제 덕분이었다. 그런 아빠가 울었단다. 출소하자마자, 아직도 남아 있는 그 정화조를 보자마자…….

"나는 아빠의 눈물을 믿어요. 우리 아빠는 엄마를 죽이지 않았어요."

여학생의 눈은 언제인지 모르게 상기되어 있었다. 그녀의 입술을 따라 승우의 메모장에 글자가 채워지기 시작했다.

정화조 살인 사건!

당시 아홉 살이었던 박주하는 그 또한 선명하게 기억하고 있었다. 장소는 자택. 무당인 할머니가 지은 집을 물려받은 것으로 꽤 오래된 주택이었다.

비가 오는 날이었다. 식당 일을 하던 엄마는 식당이 문을 닫는 통에 한 달 정도 쉬던 때였다. 전날, 자연학습을 다녀온 터라 곤한 잠에 들었던 박주하는 아침이 되어서야 눈을 떴다.

엄마가 보이지 않았다.

박주하의 가족은 세 명. 장애가 있는 아빠는 밤에 택시를 몰았다. 수입 때문이었다. 그나마 밤에 운전을 해야 수입이 좀 더 많았던 것.

그래서 모녀는 함께 잠을 자고 있었다. 밥을 하러 나가겠지. 주하는 눈을 비비며 거실로 나왔다. 그런데 거실이 어두웠다. 불을 켜자 조금 어지럽혀진 거실이 보였다. 소파가 삐딱하고 전화기와 핸드폰이 바닥에 떨어져 있었다. 그리고… 엄마가 없었다. 화장실을 열었다. 거기도 마찬가지였다.

마당을 살피고 뒤뜰까지 찾아봤지만 엄마는 보이지 않았다.

아빠가 일을 마치고 돌아왔다. 같이 동네 부근을 돌았지만 헛수고였다.

다음 날 아침까지 기다린 후에 경찰에 실종신고를 했다. 신고일은 공휴일이었다. 경찰이 집으로 찾아와 의례적인 질문을 하고 돌아갔다. 집 안은 살펴보지도 않았다.

얼마 후에 경찰은, 박주하의 엄마가 가출했다는 결론을 내렸다. 다리 저는 장애를 가진 남편에다 취약한 경제력. 게다가 얼굴이 반반한 엄마는 최근 들어 채팅을 하고 있었다. 결정적으로 실종 이틀 전, 남편이 손찌검을 했다는 게 이유였다. 당시에는 주부들의 채팅 불륜이 유행처럼 번지고 있던 때였다.

경찰이 손을 놓자 박주하의 아빠가 나섰다. 핸드폰을 살피고 채팅 아이디를 찾아내 가출이나 불륜 여부를 확인하려고 한 것이다. 채팅 남을 찾아냈지만 그는 대학생이었다. 심심풀이로 한 채팅이었단다. 맥이 풀렸다.

그리고 한 달쯤 후……

집 뒤뜰에서 악취가 풍기기 시작했다. 그곳에는 사용하지 않는 정화조가 있었다. 오래전에 묻은 정화조… 무당인 할머니가 죽은 후로는 사용하지 않고 있던 것.

이유는 막힘이었다. 할머니 때 점이나 굿을 하러 온 사람이 너무 많았던 까닭이란다. 그래서 할머니는 엄마 아빠가 결혼할 때 길 쪽에 새로운 정화조 묻고 방치하고 있던 차였다.

여름이 오니 또 시작하는군.

박주하와 아빠는 그렇게 생각했다. 오래전에 사용을 중지한 정화조지만 어디선가 빗물 등이 유입되는 건지 완전히 건조한 상태는 아니었다.

그런데 냄새가 점점 심해졌다. 며칠 몰입해 보니 응아 썩는 냄새와는 가닥이 달랐다.

결정적으로 정화조 근처에 구더기가 꼬이기 시작했다. 불안한 마음으로 박주하의 아빠가 정화조 뚜껑을 열었다.

실종된 아내는 그 속에 있었다.

더운 여름, 이미 한 달여가 지난 상황. 신체의 일부가 똥 더미에 묻힌 사체는 온몸이 썩어 문드러지기 일보 직전이었다.

참혹했다.

가족들조차도 알아볼 수 없는 형체였다. 그걸 제일 먼저 인지한 게 박주하였다. 실종 당일 같은 방에서 자던 딸은 엄마가 입고 있던 옷을 기억하고 있었다.

경찰은 그제야 본격적으로 수사에 착수했다. 사체를 국과수에 보냈다. 하지만 돌아온 대답은 허망했다. 사체의 부패가 심해 부검이 불가능하다는 답변이었다.

골든 타임을 놓친 것이다.

범죄사건에 있어 골든 타임은 초동수사다. 초동수사가 제대로 이루어지지 않으면 사건이 미궁에 빠질 확률이 높아진다. 하물며 그 더운 여름 한 달여가 지났음에야?

그제야 경찰은 주변 사람들을 수사하기 시작했다. 아홉 살 딸과 함께 잠자던 젊은 주부가 죽었다. 딸은 별다른 소리를 듣지 못했다.

조사 결과 문을 강제로 연 흔적도 없었다. 그렇다면 이웃이거나 면식범. 장애인 남편을 둔 주부였고, 그 남편이 밤일을 나갔다는 것에 사건의 초점이 맞춰졌다.

경찰이 박주하의 아빠를 의심하게 된 건 이웃의 증언 때문이었다. 박상천이 쉬는 날 이웃 사람과 술을 마시다 한 말이 화근이었다.

최근 아내가 바람이 난 거 같아 버르장머리를 고쳐 놓았다. 한 번 더 걸리면 죽여 버릴 거다. 단순히 술김에 한 말이 꼬투리가 되었다.

이틀 전, 박상천이 아내를 구타했다는 증언에 경찰이 주목한 것. 거기에 목격자까지 나왔다.

당시 박상천은 택시 운전을 했다. 그런데 사건 발생 일에 박상천의 택시가 동네로 들어오는 걸 봤다는 사람이 나온 것이다. 번호는 가물거리지만 그 택시가 맞다고 증언한 이웃사람……

결국 경찰은 박상천을 범인으로 지목하고 구속했다.

박상천은 오랜 조사 끝에 자백을 했다. 그리고 실형을 살다가 최근 들어 당뇨합병증과 정신불안으로 병보석 출감이 된 것.

사건의 개요는 거기까지였다.

"물 좀 가져다줘요."

박주하가 설명을 마치자 승우는 나수미를 바라보았다. 꼴꼴, 물 따르는 소리가 조사실에 낮은 메아리를 이루었다.

사건 구성만 보면 아주 흔한 사건이었다. 불륜을 의심하던 남편이 아내를 죽였다. 사체를 유기하고 실종신고를 한다. 그런데 사체가 나왔다. 덕분에 덜미가 잡혔다.

정황만 보면 수사의 모순을 발견하기 어려웠다. 밖에서 침입한 흔적이 없었다. 하지만 박상천은 가족이니 열쇠를 가지고 있다. 그날 그의 택시가 야밤에 동네로 들어왔다. 어쩌면 너무 명백해서 억울함이 발붙일 곳이 없어 보였다.

"설명 잘 들었어요."

박주하가 물을 다 마시자 승우가 입을 열었다.

"그럼에도 아빠는 엄마를 죽이지 않았다?"

"예."

"그래서 억울하다?"

"네……."

"그런데 내가 살펴본 기록에는 말이야, 학생 아버지는 검찰이나 법정에선 그런 말을 하지 않았어. 순순히 범행을 인정했던데?"

"그랬대요."

"……?"

"당시 아빠는 심한 죄책감을 가지고 있었어요. 이틀 전에 엄마를 구타한 것 때문에요. 게다가 못할 말까지 했대요. 한 번만 채팅하다 걸리면 엄마가 좋아하는 똥통에 확 처박아 버린다고……."

"똥통을 좋아해?"

뜻밖의 말이 나오자 승우가 고개를 들었다.

"우리 엄마, 밤이 되면 가끔 정화조로 갔어요. 거기서 아기우는 소리 같은 게 들린다고……."

"소리?"

"엄마는 오래전에 간질을 앓으셨대요. 그래서 할머니가 굿을 크게 해서 낫게 했다고 들었는데 지금 생각해 보면 그 무렵에 재발을 했던 거 같아요. 밤에 보면 혼자 일어나 조금 이상한 행동을 하고… 그래서 아빠한테 맞기도 하고… 저랑 잘 때도 가끔 귀신들린 사람처럼……. 하지만 동네에 고양이들이 밤이면 아기 우는 소리처럼 울었기 때문에 저도 웃어넘기곤 했어요."

"잠깐, 간질을 앓았다고?"

거기서 승우가 제동을 걸었다.

"네."

"학생이 그걸 어떻게 알지? 그때는 아홉 살 정도였을 텐데?"

"할머니에게 들어서 알아요. 어린 제게 몇 번이고 그랬는걸요. 너는 네 애미의 못된 피를 받지 않았을 거야. 암, 이 할미가 비방 중의 비방을 썼거든 하시면서……."

"다시… 잠깐만!"

승우, 그 타임에서 혈서를 집어 들었다.

"학생 할머니가 무속인이라고 했지?"

"네. 무당이셨대요."

"그럼 여기 이 혈서 말이야. 여기 그려진 기호도 알고 그린 거야?"

"……."

잠시 침묵하던 박주하. 승우를 한 번 바라보더니 야무지게 입을 열었다.

"네!"

"무슨 뜻인데?"

확인을 위해 승우가 물었다.

"소망부적이요, 그 부적 중의 하나를 딴 거예요. 제 청원이 이루어지기를 바라면서요."

"……!"

승우는 잠시 움찔거렸다. 혹시 피가 튄 것일 수도 있겠지 하던 부적의 기호. 그건 아니었다. 박주하가 정확히 알고 의도적으로 그린 것. 그러니 혈서 자체가 하나의 부적인 셈이었다.

"학생이 부적을 알아?"

승우가 물었다.

"네!"

이번에도 당돌한 대답이 나왔다.

"어떤 건데?"

"자라면서 할머니 유품으로 공부를 했어요. 아빠가 엄마를 죽였다는 게 이해가 되지 않아서요. 더구나 정화조라뇨? 우리 아빠… 그렇게 악한은 아니거든요."

박주하의 눈이 빛을 발하기 시작했다. 할 말이 알알이 맺힌 시선이었다.

"사실 전부터 사람들이 우리 집을 보고 귀신 붙은 집이라는 말을 했었어요. 다 무당인 할머니 때문이었죠. 하지만 할머니는 죄 없어요. 할머니가 살아계셨으면 신점으로 엄마를 죽인 진짜 범인도 잡았을 텐데……."

귀신 붙은 집. 무당.

몇 가지 단어들이 승우의 귀를 벌리고 들어왔다. 하지만 바로 밀어냈다. 여기는 대한민국 검찰청 조사실. 호기심이 솟는다고 그 길로 푹 빠질 수는 없었다.

"이건 아버지에게 확인해야 할 문제지만 미리 몇 가지만 물어볼게. 그날 아버지는 왜 택시를 타고 집으로 왔대?"

승우가 물었다.

"안 왔대요. 목격자 할아버지는 나이가 많아 시력이 안 좋대요. 번호판을 본 것도 아니고 비슷한 색깔이라는 것만 기억해요. 그런데 경찰에서는 그 말만 믿으니 미치는 거죠."

"그분은 아직 살아계시나?"

"아뇨, 사건 나고 다음 해에 돌아가셨어요."

'마이 갓!'

1차 조사는 한숨으로 마무리가 되었다. 승우는 박주하를 돌려보냈다. 아버지가 안정되면 입원한 병원으로 찾아갈 거라는 약속과 함께.

"시작부터 암벽 충돌인데요?"

참관실에서 조사 과정을 지켜본 유 계장이 쓴 입맛을 다셨다.

"맞습죠. 결정적인 목격자가 죽었으니……."

석 반장도 고개를 갸웃거렸다.

"느낌은 어떻습니까?"

승우가 두 베테랑을 바라보았다.

"사건 구성은 문제가 없습니다. 범인으로 복역한 아버지의 말을 무시한다면 그가 범인일 가능성이 가장 높지요."

"제 생각도 같습니다요. 그런데 병원에 알아봤더니 박상천이 정신까지 오락가락하는 위중한 상황이랍디다. 그러니 그런 상황에서 딸에게 거짓말을 하는 건 아니겠죠."

"아버지는 결백하다?"

승우는 석 반장 쪽으로 기울었다.

"아무튼 기왕 맡았으니 백지 상태에서 다시 시작해 보죠. 다행히 사건 현장이 아직 남아 있다니 모든 가능성을 열어놓고 말입니다."

유 계장이 정리에 나섰다.

"현장 파악됐으면 주소 주세요. 내가 한 번 가보죠."

승우가 유 계장을 바라보았다.

"검사님이 직접요?"

"아니면요? 저 높은 곳에서 내린 오더인데 책상에 앉아서 지휘할까요?"

승우가 묻자 유 계장은 대답하지 못했다.

승우는 그 길로 지검을 나섰다.

*　　　　*　　　　*

도시개발이 예정되면서 보상까지 끝난 동네. 하지만 개발이 미뤄지면서 지금은 공동화가 되었다.

형편이 좋은 사람은 가고 그렇지 않은 사람들 일부가 살고 있다지만 그래도 행운에 속했다. 아무것도 없는 것보다는 백 배 천배 나은 것이다.

사거리를 지나면서 구름이 끼기 시작했다. 그렇잖아도 해갈 질 무렵인데 구름까지 깊어지자 사방이 어두워졌다.

'비 예보가 있었나?'

현장 인근에 내린 승우가 하늘을 바라보았다. 그새 먹물처럼 변한 하늘에는 한 점의 빛도 엿보이지 않았다.

야옹!

버려진 문짝 위에서 고양이가 울었다. 보기에도 섬뜩할 정도로 까만 고양이였다. 고양이는 승우를 한 번 바라본 후에 무너진 벽을 따라 사라졌다.

스산한 동네.

작은 도로 하나를 사이에 두고 명암이 엇갈리고 있었다. 길 건너에는 마을이 훤한데 이쪽은 듬성듬성 새어 나오는 불빛.

스산하다는 말이 딱 어울리는 동네였다.

늙은 느티나무를 지났다. 그 옆의 작은 집은 절반쯤 무너져 있었다. 박상천의 택시가 들어오는 걸 봤다는 목격자가 살던 집이었다.

"민민……."

어둠을 따라 걸으며 민민을 불렀다. 민민은 가뜬하게 솟아올라 승우의 말에 화답했다.

"밍글라바!"

오늘도 그 소리만은 반갑기 그지없었다.

"어때? 이 동네, 악령 좀 나올 거 같지 않냐?"

"맞아요. 여기저기 영기의 흔적이 느껴져요."

"이 사건 어떠냐? 설마 악령의 짓은 아니겠지?"

"글쎄요? 사건을 해결하는 건 아저씨 몫이잖아요."

"하긴, 월급을 받는 것도 나니까."

"한국 사람들은 월급도 많다면서요."

"응? 음. 미얀마 사람들보다는 많겠지."

"얼마나 되요?"

"나? 아니면 한국 사람들?"

"보통 사람들요."

"글쎄… 정확히는 모르지만 대략 중간 규모 기업에 취업하면 월 200 정도?"

"우와!"

"많아? 그럼 미얀마는?"

"그 10분의 1도 안돼요."

"그래?"

"한국이 잘살기는 잘사는군요. 돈도 많이 벌고……."

"녀석… 부러우면 내가 좀 줄까?"

말하고 나니 또 실수였다. 승우는 죄 없는 정수리를 벅벅 긁었다.

"어느 쪽이죠?"

착한 민민이 화제를 돌렸다. 갈림길이었다.

"어디 보자?"

민망하던 승우, 얼른 핸드폰 화면을 보았다. 다운로드된 약도가 올라왔다.

"저쪽… 부러진 전봇대 옆……."

승우의 손이 허리 잘린 전봇대를 가리켰다.

저벅!

잠시 후, 승우의 발이 기울어진 대문 앞에 도착했다. 오래된 집이었다. 박주하의 할머니 대부터 살았다는 집. 그걸 물려받았으니 오래된 게 당연해 보였다.

무심코 랜턴을 켜려던 승우, 민민을 의식하고는 그냥 품에 넣었다. 해줄 수 있는 건 이런 배려밖에 없었다.

"난 괜찮아요."

그걸 알아챈 민민이 승우의 코앞에서 아른거렸다.

"진짜?"

"그럼요. 그러니까 켜세요."

그 말 덕분에 랜턴의 눈알에 불이 들어왔다.

무당!

마당을 밟자 그 단어가 가슴을 관통했다. 무당은 오래전에 죽었다. 하지만 어쩌면 그 흔적이 남아 있을지도 모른다고 생각하니 긴장이 되었다.

응애에!

제일 먼저 승우를 반긴 건 아기 울음소리였다. 고개를 돌리니 사나운 두 눈동자가 불을 뿜었다. 무너진 지붕 위에 올라선 건 검은 고양이였다. 검은 털은 마치 금속인 양 반질반질 윤까지 나고 있었다.

야옹!

이번에는 고양이 소리로 들렸다. 고양이는 고개를 갸웃하고는 지붕 너머로 사라졌다. 그래도 울음소리는 바람결에 계속 묻어왔다.

두 개의 정화조…….

그중 하나는 도로변 가까이에 보였다. 오물이 조금 남긴 했지만 말라붙었다. 냄새가 좋지 않아 얼른 뚜껑을 닫았다.

끼이이!

방문을 열자 경첩이 떨어져 나간 문에서 신음이 새어 나왔다. 사람이 살지 않는 집은 집이 아니었다. 수풀 우거진 산이나 들판보다 더 음산한 느낌이 들었다.

특히나 버려진 이불가지들이 그랬다. 어둠 속에 늘어진 사람의 흔적들은 왜 저리도 오싹하게 보이는 걸까?

자잘한 모든 것들이 정위치를 벗어난 상황. 그 하나하나는 살을 비트는 오싹함에 다름 아니었다.

무당의 흔적은 없었다. 혹시나 했던 무신도도 없었고 신당의 흔적도 없었다.

피살자 정이순이 마지막 잠을 잤다는 딸의 방을 살펴보고 안방을 열었다. 문은 제풀에 무너지며 나뒹굴었다.

풀썩 먼지가 이는 순간, 구석에 있던 고양이 십여 마리가 단발마의 울음과 함께 튀어나갔다.

"웃!"

놀란 민민이 움찔거렸다.

"안심해. 고양이야."

"영기인 줄 알았어요."

그 말을 들은 승우도 정신을 집중했다. 접신. 몸에 한기가 일더니 느낌이 달라졌다. 하지만 영기의 중심은 아니었다.

"폐가라서 그럴 거야. 긴장되면 내 어깨에 앉아."

"알았어요."

민민의 빛이 승우의 어깨에 내려앉았다. 민민을 어깨에 태우니 기분이 좋았다. 아빠가 된 기분이랄까?

승우는 뒤뜰로 발길을 돌렸다. 안방 벽이 무너져 그곳으로 나올 수도 있었지만 마당을 통했다. 거리를 가늠하기 위해서였다.

"여기다!"

승우의 랜턴이 문제의 옛날 정화조를 비췄다. 이제는 잡초 사이로 낡은 머리가 많이 드러난 정화조. 사용한 지 오래되었다지만 여전히 구린내를 풍기고 있었다.

그 앞에서, 승우는 집을 돌아보았다. 성인의 걸음으로 30보 정도였다. 그러니까 1분 안에 도착할 수 있는 거리. 뇌리 속에 범행 장면이 돌아갔다.

시나리오 1.

아내의 불륜을 의심한 박상천이 야심한 새벽에 몰래 돌아온다. 박주하가 잠든 사이에 거실로 나온 아내가 채팅이나 통화를 하다 들킨다. 박상천이 다그친다. 아내가 부인하자 실랑이 끝에 아내를 죽인다. 아내를 옛날 정화조로 끌고 가 빠뜨린다.

시나리오 2.

외부인이 몰래 정이순의 집으로 들어온다. 면식자일 가능성이 높다. 역시 어떤 이견이나 실랑이 끝에 살해한다. 사체를 정화조에 빠뜨리고 달아난다.

두 가지 시나리오에는 의문이 붙었다. 1의 경우라면 박상천은 왜 정화조에 빠뜨렸을까? 사용하지 않는 거라지만 언젠가는 들통이 날 수 있는 일이었다. 차라리 택시 트렁크에 싣고 다른 곳에 유기하는 편이 나았을 것이다.

2의 경우는 조금 나았다. 이웃의 우발적 살인이라면 그럴 수 있다. 불륜 상대자라도 마찬가지. 일단 그렇게라도 사체를 유기하면 도주 시간을 벌 수 있었다.

'그러니까 여기로 끌고 와서 이 뚜껑을 열고……'

승우, 무심코 범행 재현을 머리에 그리고 정화조 뚜껑에 손을 대는 순간,

"아저씨!"

민민의 비명이 벽력처럼 터졌다.

쎄에에!

파자작!

날카로운 파찰음과 함께 허공이 찢어졌다.

그리고 영혼을 할퀴는 한기가 성난 갈기를 이루며 승우를 튕겨냈다. 속절없이 날아가 허물어진 담벼락에 처박힌 승우, 어안이 벙벙한 채 겨우 고개를 들었다. 느닷없이 강해진 영기였다. 그것도 무지막지하게 강력해 척추를 흔들리게 하는.

"아저씨, 검은 코끼리를 전부 꺼내주세요!"

전부?

겨우 중심을 잡은 민민의 목소리가 속절없이 떨고 있었다.

검은 코끼리 전부라니. 그 전부를 꺼내야 할 만큼 강력한 악령의 등장이란 말인가?

"민민!"

승우는 민민부터 돌아보았다.

"어서요!"

민민의 빛이 탱글거리기 시작했다. 그 어린 의지가 오롯이 사음한 힘을 겨누고 있었다. 승우는 검은 코끼리를 꺼내 허공에 던졌다.

파아아!

코끼리들은 허공에서 잠시 멈췄다. 그러더니 이윽고 검은 광채를 뿜으며 요동을 쳤다.

뿌오오!

코끼리들이 검은 장막과 함께 몸집을 키우기 시작했다. 동시에 잡풀과 바람이 숨을 죽였다. 죽음과 공포, 고통과 구속의 너울이 공간을 장악한 것이다.

"네이예!"

민민이 날아오르며 소리쳤다. 그러자 검은 코끼리 하나가 정화조 뚜껑을 향해 기둥 같은 검은 빛을 뿌렸다.

한 번!

두 번!

세 번⋯⋯.

거푸 세 개의 빛무리가 작렬하자 안에서도 검은 연기가 새어 나왔다.

"아저씨, 조심하세요!"

검은 코끼리의 왕 떼이디에 올라탄 민민이 소리쳤다. 정신
줄을 다그친 승우는 접신 상태로 후끈, 영기를 향해 적의(敵
意)를 뿜어댔다. 눈동자가 뜨끈해지면서 온몸을 타고 사방으
로 뻗치는 영기. 저 세상의 죽음의 향이 후각을 타고 모질게
치고 들어왔다. 발원지는 정화조의 뚜껑. 검은 연기가 새어 나
오면서 아까는 느껴지지 않던 죽음의 기운이 싸아하게 전해
져 왔다.

하지만 그것뿐이었다. 금세라도 뭔가 튀어나올 것 같았지만
다시 반응하지 않는 것이다.

"뭐지?"

승우가 민민을 바라보았다.

"저 안에 악령이 있어요."

"그건 나도 감지했어."

"강해요."

"나도……."

"그냥 두면 나오지 않을 거 같아요. 한 번 더 시도해 볼게
요."

"괜찮겠니?"

"악을 멸하는 건 선의 사명이에요. 괜찮고 아니고의 문제가
아니에요."

민민, 똑부러지게 말했다. 승우는 얼굴이 화끈거렸다. 저 어린아이의 사명… 얼마나 빛나고 숭고한가? 자기 할 일을 알고 나아가는 민민은 이 순간 승우의 표상이기도 했다.

"까이하루!"

민민, 허공에서 사 회전을 하며 빛을 뿌렸다. 그러자 세 코끼리들이 트라이앵글을 이루며 둘러섰다. 크기 순서로 1, 2, 3번 코끼리였다.

"공격!"

그 위에 우뚝한 민민의 지시가 떨어졌다.

파아아!

세 코끼리들의 몸에서 악몽이 튀어나오기 시작했다. 그것들은 잘 짜여진 태피스트리처럼 허공에서 만나 더 큰 궤적을 이루었다. 그 궤적이 홍홍 몸살을 앓을 때 민민의 손이 정화조 뚜껑을 겨누었다.

파아앗!

검은 궤적은 삼각 회전으로 날아가 뚜껑을 직격했다.

끼에에!

그러자 정화조 안에서 기괴한 비명이 새어 나왔다.

'으윽!'

승우는 귀를 막고 물러섰다. 차마 상상조차 싫은 소리. 사람의 오감을 녹이는 비명이었다.

"한 방 더!"

민민의 지시가 다시 떨어지자 검은 삼각 벼락이 뚜껑을 몰아쳤다.

끼에에!

두개골을 긁어대는 소리와 함께 정화조가 요동을 쳤다.

"민민······."

"악령이에요, 아마 나올 거 같아요."

"흰 코끼리?"

"네, 다 꺼내주세요."

그것도 '다'였다. 민민이 얼마나 긴장하고 있는지 알 것 같았다.

끼이에!

끼에에!

몇 번의 기괴한 발악 뒤에 마침내,

파아앗!

정화조 뚜껑이 열렸다. 그러자 사방이 오싹한 냉기로 변했다. 승우가 놀란 마음을 다잡는 사이에 정화조 뚜껑에서 요사한 연기가 튀어나왔다.

"친다!"

민민, 재빨리 황금사자를 풀었지만,

쌔에에!

사방에서 칼날처럼 몰아치는 요기가 더 사나웠다.

'우웃!'

승우는 두 팔로 머리를 감쌌다. 그대로 있으면 머리 껍질이 터질 것 같은 따가움이었다.

크워어!

그래도 민민은 무사했다. 친디가 기둥 같은 두 발로 버티며 방패막이가 되어준 것이다.

"사라졌어요."

예봉을 피한 승우가 겨우 숨을 돌리자 민민이 소리쳤다.

"까웅 깅!"

민민은 흰 코끼리를 몰고 언덕 너머로 날아갔다.

"민민, 무리하지 마."

승우가 소리쳤지만 민민은 벌써 보이지 않았다.

휘이잉!

악몽 같은 정적 사이로 바람이 불어왔다. 승우는 정화조를 보았다. 냄새가 느껴졌다. 오래 묵은 똥냄새가 아니었다. 그 냄새는 아주 오래된… 죽음의 냄새였다.

'둘……'

승우, 정화조 안으로 랜턴을 비췄다. 너무 오래되어 이제는 말라붙은 인분들. 그래도 냄새는 확실했다. 저 사이에 두 개의 죽음이 있다. 크고 작은 죽음… 그러니까 성인과 아기였다.

그사이에 민민이 돌아왔다.

"민민……."

"멀리 가지는 않은 거 같은데 분하게도 놓치고 말았어요."

"너는?"

"괜찮아요."

"다행이다."

"아저씨는요? 피가 나잖아요."

"피."

그제야 승우는 팔뚝이 까진 걸 깨달았다. 악령의 파워에 날아갈 때 충돌로 생긴 상처인 모양이었다.

"병원에 가야 하는 거 아닌가요?"

"걱정 마라. 대한민국 검사가 이것쯤이야……."

승우는 민민을 안심시켰다. 민민이 무사했다. 그것만으로 충분히 고무된 승우였다.

그때였다. 마당 쪽에서 바스락거리는 소리가 들렸다.

"쉿!"

승우는 민민에게 주의를 주고는 벽에 찰싹 붙었다. 그런 다음 소리 없이 마당을 향해 움직였다.

"누구요?"

기척을 먼저 알아채고 반응한 건 석 반장이었다.

"반장님?"

"어이구, 검사님이시구랴? 어디 계셨수?"

"여긴 어떻게?"

"검찰 짬밥 그릇도 얼마 안 되는 주제라 뭐 한 건 올릴 거 없나 하고 와봤다우. 그런데 검사님이 없길래……."

"또 어디 가서 농땡이 치고 있나보다 했겠군요?"

"아시네?"

"진짜였어요?"

"조크라오."

반장의 선량한 응수에 승우가 긴장을 털며 웃었다.

"그나저나 언제 오신 거죠?"

승우가 물었다. 혹시 조금 전에 있었던 소동을 전부 본 건가 싶은 우려 때문이었다.

"방금 왔수다. 뭐 촉 좀 잡으셨수?"

"저도 지금 살피는 중이라……."

"그 정화조 보고 계셨군?"

그는 역시 베테랑이었다. 동선만 보고도 승우의 움직임을 읽고 있었다.

"뒤에 있습니다. 오래 안 쓴 것치고는 비교적 상태가 괜찮던데요."

"제가 한 번 봅죠."

석 반장이 발길을 돌렸다. 승우는 말리고 싶었지만 말을 아꼈다. 그 안에 귀신이 있는 것 같아요, 라고 말할 수도 없는 노릇이었다.

"괜찮을까?"

대신 민민에게 물었다.

"그럴 거예요. 악령은 지금 여기 없는데다… 석 반장님은 건강하잖아요."

"그럼 나는?"

"아저씨는 접신을 해서 그래요. 영기를 뿜지 않으면 그냥 사람이지만 접신 상태가 되면 영기를 보는 대신 그들의 힘을 느낄 수도 있어요. 그래서 악령이 신변에 위협을 느끼고 공격한 거예요."

"……."

어깨를 으쓱한 승우는 석 반장의 뒤를 따랐다.

"어이쿠, 이거 10~30인용이군요. 이 정도라면 작심하고 덤비면 사람 몇쯤은 유기할 수도 있습죠. 게다가 분뇨가 많이 찬 상태라면……."

석 반장은 뚜껑만 보고도 용량을 알아냈다.

"사용한 지 오래되었다면서 습기가 좀 있군요. 어디선가 빗물이 흘러드는 것 같은뎁쇼?"

"석 반장님!"

뒤에 다가선 승우가 입을 열었다.

"네?"

우묵하게 돌아보는 반장.

"내일 날 새면 그거 수색하세요."

정화조 수색…….

부득이한 일이었다.

"그럽죠."

석 반장, 시간 간격을 조금 두더니 사람 좋게 웃었다. 베테랑 석경표. 싫은 내색조차 없이 승우의 지시를 받아들였다.

그리고… 해가 제대로 빛을 발하기도 전에 승우의 촉이 성과를 가져왔다.

"사람 해골이 나왔다!"

정화조를 들어내고 작업을 지켜보던 포크레인 기사가 소리쳤다. 미르고 젓고 하면서 엉거 붙은 분뇨들 틈, 그 바다에서 유골이 나온 것이다.

"우엑!"

현장 조사에 투입된 감식반원들이 입을 막으며 물러섰다.

하지만 유골은 하나가 아니었다.

"또 하나가 있다!"

이번에는 감식반원들 돕던 인부들이었다. 유골을 뒤집자 그 품에 안긴 작은 유골이 보인 것이다. 큰 유골과 작은 유골… 둘은 엄마가 아기를 안은 자세였다.

"우에엑, 우엑!"

유골을 끌어낸 인부들이 오물을 토해내기 시작했다.

"……!"

확인을 위해 다가선 승우도 주춤 흔들렸다. 큰 주검과 작은 주검을 감지한 촉이 적중하는 순간. 그러나 엄마가 아기를 안은 것 같은 자세에서는 말 못 할 숭고함이 느껴졌다.

남은 분뇨 찌꺼기를 헤치는 동안 또 다른 뼈가 나왔다. 하지만 그건 고양이 해골로 밝혀졌다. 마지막 분뇨 덩어리를 살피는 것으로 현장 조사는 끝났다.

완전하게 뼈만 남은 두 개의 유골은 현장에서 대충 수습이 되었다. 분뇨 찌꺼기를 떼어내니 온전한 해골이 드러났다.

"검사님!"

감식반이 승우를 불렀다.

"자세한 건 국과수에 보내봐야 알겠지만……."

감식반원이 큰 해골의 머리를 가리켰다. 정수리 부근이 함몰된 게 보였다. 누군가에게 머리를 맞은 흔적으로 보였다. 그나마 다행인 건 맞은 흔적이지 압력에 의해 뒤틀린 건 아니라는 사실.

"그리고……."

다음으로 가리킨 것은 작은 해골의 손이었다. 그게 문제였다.

오른손 검지가 없었다.

"기형인가?"

승우가 물었다.

"아닙니다. 제 생각에는 잘린 거 같습니다."

감식반원이 바로 대답했다.

얼핏 봐도 채 한 살이 되어 보이지 않는 아기. 그런데 왜 검지가 없을까? 왜?

                    *   *   *

복잡해졌다.

정화조에서 발견된 두 구의 사체. 그게 나오면서 재수사는 더욱 복잡한 양상으로 흘러갔다. 우선 원래 사건과의 연관성 문제였다. 하지만 특별한 연관성 가닥이 잡히지 않았다. 게다가 두 구의 사체는 정이순 사건보다도 훨씬 오래전에 죽은 사체로 밝혀졌다.

여기서부터 의문이 그물처럼 갈래를 치기 시작했다.

그럼 왜?

정이순 사체 발견 당시에 같이 발견되지 않은 건가?

이 의문은 다행히 석경표가 간단하게 해결해 주었다. 석 반장 동기가 그 사건에 투입되었던 까닭이었다.

"신고를 받고 가서 정이순을 정화조에서 건져냈습니다. 그 이상은 조사하지 않았습니다. 실종된 정이순을 찾았으니까요."

지금은 경감이 된 석경표의 동기는 그날을 바로 회상해 냈다. 아쉬운 일이지만 탓할 수는 없었다. 실종자가 나온 바에 똥통을 엎어 낱낱이 확인할 사람은 없을 것이다.

그렇다고 의문이 다 가신 건 아니었다. 이 두 구의 사체는 왜 발견되지 않은 걸까? 거기에는 두 가지 추측이 따랐다. 즉, 피살자가 정화조 사용 금지 후에 유기되었거나 그 전이라면 살해자가 의도적으로 정화조 사용을 중지한 것.

두 사체는 일단 모자 관계로 밝혀졌다. 아기의 성별은 여아. 나이는 20대 후반과 한 살 미만. 하지만 신원은 나오지 않았다. 젊은 엄마라 인공치아 같은 것도 없었다. 그러니 해골 외에는 신원을 밝혀줄 아무것도 없었던 것이다. 결국, 과거의 실종자 신고를 죄다 훑어보는 수밖에 없었다. 개가를 올렸지만 노가다를 수사반에 안겨주는 일이 되고 말았다.

수사반은 눈코 뜰 새 없이 바빠졌다. 10년 전 정화조 사건에 더불어 모자의 유골까지 더해 수사를 진행해야 했기 때문이다.

그래도 윗선의 반응은 괜찮았다.

보고를 받은 지검장은 한껏 고무된 표정이었고 오 부장도 후끈 달아올랐다. 윗선에 보고할 실적이 나왔기 때문이었다.

"감이 좋군. 한 번 해보자고."

오 부장은 총력 지원을 약속했다.

승우는 경찰력을 동원해 인근 수색에 나서는 한편, 몇 안 남은 동네 사람을 가가호호 방문하며 탐문 수사에 돌입했다. 모자 사체에서 나온 단 하나의 단서, 검지 없는 아기의 특징을 내세워.

그러다 짬을 내어 차도형과 함께 병실에서 박상천을 만났다. 그의 수술이 끝난 것이다. 당뇨합병증은 무서웠다. 그는 이미 발가락을 잘라냈고 앞으로는 무릎을 자를 수도 있는 상태였다. 물론 그보다 무서운 건 그 전에 운명할 것 같다는 의료진의 설명. 실제로 그는 의식까지 오락가락하고 있었다.

우선 승우는 빙의부터 체크했다.

과학시대의 검사로 어울리는 일은 아니었지만 뭔가 미심쩍은 것이 많은 사건. 혹시나 싶었던 것이다. 다행히 빙의는 아니었다. 영기나 악령이 감지되지 않았다.

"검사님……."

그는 눈물로 읍소했다. 아내를 의심하고 때린 건 사실이지만 죽이지는 않았단다. 그럴 생각도 없었단다. 그러다 중간에 의미 있는 탄식이 나왔다.

"아아, 장모님이 계시면 그 영험함으로 내 결백을 밝히고 범인도 잡았을 것을……."

장모라면 무당…….

그녀는 대체 어떤 사람이길래 죽음을 눈앞에 둔 초로의 남자가 이토록 간구하는 것일까?

"장모님이 무당이시라고요?"

승우, 그 말을 흘려듣지 않았다.

"무당이지요. 하지만 그냥 무당이 아니랍니다. 그분은 살아 있는 보살, 신 그 자체였어요. 하느님과도 맞짱을… 잡귀는 다 꿇어라! 그분은 신의 딸이시니……."

박상천은 잘 나가다가 한두 번 옆길로 새었다. 환자의 상황이 상황이니만치 탓할 수도 없었다.

'신의 딸?'

"어찌나 영험하든지 병원에서 못 고치는 내 다리도 고쳤습니다. 내가 원래는 두 다리를 못 쓰는 앉은뱅이였는데 그분이 굿을 한 후에 한쪽을 절뚝거리게나마 걷게 되었지 뭡니까? 그래서 그분 딸을 준다길래 마다 않고 결혼을 했고… 그런데 내가 아내를 어떻게? 천벌을 받지요."

박상천의 눈에서 회한의 눈물이 흘러내렸다. 눈물 때문인지 이번에는 온전한 제정신이었다.

"그럼 혹시 아내 분이 간질을 앓은 건 알고 결혼했나요?"

승우는 박주하에게 들은 말을 확인하고 싶었다.

"들었지요. 하지만 그 또한 장모님이 저를 고친 후에 큰 굿을 해서 다 고쳐 주었습니다. 암요. 장모님은 정녕 신의 딸이지요."

그 순간, 박상천의 신념은 확고했다. 그의 기억 속에서 장모는 신의 능력에 버금가는 영험한 사람이었다.

승우는 박상천의 말을 분석했다.

'저를 고친 후에……'

마음에 걸렸다.

자기 딸인데, 그렇게 용한 무당인데… 왜 박상천을 고친 이후에야 고쳤을까? 승우가 모르는 이유가 있을 수 있겠지만 개

운치 않은 건 사실이었다.

"그럼 죄송하지만 장모님은 어떤 무신을 모셨는지 기억 나는 게 있으면 말씀해 주시죠."

승우가 물었다.

이건 검사라는 직업과 무당에 대한 호기심이 반씩 섞인 질문이었다.

"고무신은 하얀 고무신을 신었어요."

"고무신이 아니고 무신요. 무당이 신단에 모시는 신!"

"아, 그 무신······."

박상천은 힘이 드는지 몸을 뒤척거렸다. 옆의 간호사에게서 오늘은 그나마 상황이 좋은 편이라는 사인이 건너왔다.

"태주라고 들었어요. 그걸 모신 단지가 있는데 그걸 들고 접신을 하면 공중에서 휘파람 소리 같은 게 들렸죠. 휘이이, 휘이이······. 그 소리가 나면 모든 잡귀가 다 물러갔어요. 훠어이, 잡귀야 물렀거라. 내 똥구멍을 빨아라. 쪽쪽 빨아라."

"그럼 혹시 당신을 고치기 전의 장모님은 어땠나요? 언제부터 그렇게 영험하기로 소문이 난 거죠?"

"신이 내렸죠. 처음부터 용한 건 아니지만 점차 신기를 더하다가··· 나를 고쳐 주기 전에 치성이 하늘에 닿아 신통력이 절정을······."

박상천을 고쳐 준 직후, 무당의 영험함이 상승했다라·······.

무당이 모신 건 태주?

승우의 뇌리에 칼날이 스쳐 갔다. 칼날 같은 촉이 왔다.

"차 수사관, 이분 남은 조사 좀 부탁해."

차도형에게 마무리를 맡긴 승우, 주차장으로 뛰었다. 그런 다음 서둘러 시동을 걸었다. 한달음에 집으로 돌아온 승우는 베란다로 가서 박스를 열었다. 이제는 비어버린 박스, 무신도의 재만 조금 남아 있는 박스가 퀭하니 승우를 맞았다.

'태주······.'

승우는 서둘러 과거를 당겨왔다. 엄마가 말하던 게 혀 안에서 뱅글거리며 생각나지 않았다. 골머리를 앓던 승우, 할 수 없이 이모 강세희에게 전화를 걸었다.

강세희!

엄마의 유일한 혈육. 그녀 또한 무속에 관심이 많았다. 그렇기에 엄마와 이모가 한통속으로 보여 연락도 않고 있던 차였다.

—어머어머, 승우야!

승우를 확인한 이모, 반가움에 어쩔 줄을 몰랐다.

"잘 계시죠?"

—그래. 웬일이야? 이제 엄마에 대한 미움이 좀 가신 거야?

그녀의 목소리는 감격으로 떨고 있었다.

"그보다 여쭤볼 게 있어서요."

—말해. 뭐든지······.

"혹시 태주라고 아세요? 무당들이 모시는 태주······."

—알지. 그거 젖아기가 죽어서 된 귀신이잖아? 무당에 따라 그 젖아기를 애기동자로 모시는 사람이 있고…….

"그게 다인가요?"

—뭐 또 있어? 가만, 태주라면… 간혹 무당들이 신통력을 얻으려고 여자 아기의 손가락을 잘라 태자혼으로 삼는다는 말은 들었는데 그건 옛날 얘기고……. 그런데 그게 왜?

"예?"

거기서 승우의 눈이 번쩍 떠졌다. 머리에 가물거리던 기억에 번쩍 불이 당겨진 것이다.

아기의 손가락!

손가락!

딱 손가락만 한 연결고리를 잡은 느낌이었다.

6장
죽어도 죽지 않는 한

태주……

승우는 그 과정을 생각했다. 엄마와 다른 무당이 말할 때 들은 얘기였다. 무서워서 자다가 오줌을 지린 날이었다.

무당들은 저마다 모시는 무속신이 있다. 무당에 따라 천차 만별이다. 그래서 신(神)의 세계에는 영원한 선생이 없다는 말이 있다. 늦게 무당이 되었다고 해도 몸주로 모시는 신의 격이 높으면 자신을 이끌어준 선생보다 훨씬 영험한 공수가 터져 나온다.

이들 중 많은 무당이 모시는 신이 바로 대감 신. 전내대감, 토주대감, 왕래대감, 업왕대감, 용궁대감, 성주대감 등 십여 대감이 있다.

태주라면 젖먹이 아기가 죽어서 된 귀신을 태주로 모시는 걸 뜻한다. 그런데 과거 일부 무당들은 산자와 죽은 자를 연결하는 영매의 상징으로 어린 여자 아기의 손가락을 신체(神體)로 삼았다. 이 세상과 저세상을 연결하는 천리안의 주술적 효과를 내는데 그만한 영물이 없다고 생각한 것이다.

그런데 이 신체를 얻는 과정이 잔혹했다.

간단히 살펴보면······.

우선 젖먹이 아기를 죽지 않을 정도로 굶긴다. 그런 다음에 젖꼭지를 준다. 아기는 살기 위해 본능적으로 그 젖꼭지를 움켜쥐려고 고사리 손을 내민다. 살려는 아기의 온 정신력이 집중된 그 손가락. 먹으려는 일념이 무섭게 담긴 그 손가락······. 바로 그 손가락을 성등 잘라 신체로 삼았다. 이 세상과 저세상을 연결하는 영매. 그러나 조선시대도 아닌 현대에는 구할 수 없는 영물······.

이게 여의치 않으니 죽은 여자 아기의 시체에서 손가락을 잘라 사용했다. 그게 바로 태주인 것이다.

불 켜는 것도 잊은 승우.

소파에 턱을 괴고 앉아 사건정리에 골똘했다.

사망자 정이순의 어머니는 무당. 그것도 태주를 모시는 무당.

정화조에서 나온 손가락 잘린 아기와 엄마. 그리고 정화조에서 발견된 정이순.

'만약 무당이… 무속적 능력의 완성을 위해 아기의 손가락을 잘랐다면?'

엄마 몰래 잘랐다면 원한 관계가 성립할 수 있었다.

하지만 그렇게 되면 무당 가족이 모녀를 살해해서 유기했다고도 볼 수 있었다.

'젠장!'

승우는 고개를 저었다. 사건이 걷잡을 수 없이 커질 형편이었다. 그야말로 물 더 붓고 가루 더 붓는 꼴이었다.

바로 그때 승우의 핸드폰이 바삐 울려댔다.

딩도로롱 댕댕!

소리에 놀란 승우, 핸드폰이 있는 곳을 모르고 허둥거렸다. 전화기는 베란다에 있었다. 아까 박스를 여느라 내려놓은 모양이었다.

"여보세요!"

전화를 받자 석 반장의 목소리가 느리게 흘러나왔다.

―모자 신원이 나올 거 같습니다요.

"그래요?"

―20여 년 전에 바로 길 건너 마을에 젊은 과수댁 하나가 아기와 함께 살았는데 행방이 묘연해졌다는뎁쇼.

"20여 년 전이요?"

―그런데……. 큼큼!

석 반장은 헛기침을 몇 번 한 후에 말을 이었다.

―그 과수댁이 피살자 정이순의 어머니 집에서 무당 허드렛일을 도왔다고…….

무당 허드렛일… 허드렛일?

승우는 뭔가가 뒤통수를 내려치는 듯한 충격을 느꼈다.

"밍글라바……."

커튼을 치자 민민이 피어올랐다.

"괜찮냐?"

승우는 창틀에 기댄 채 물었다.

"네. 아저씨는요?"

"내 걱정은 안 해도 돼."

"피이. 다른 건 몰라도 악령과 마주하면 자꾸 걱정이 돼요."

"왜?"

"내가 괜히 술공을 열라고 했나 해서요."

"내가 별 솜씨가 없어서?"

"……."

민민, 대답을 안 했다. 어쩌면 민민, 승우가 술공을 열어 접신을 하면 강력한 영력의 소유자가 되리라고 생각했을 수도 있었다. 하지만 승우는 반쪽이었다. 영계를 보고 듣되 사악한 영기를 제압할 수는 없는…….

"그건 내 능력 탓이지 네 잘못이 아니야."

"그래도요."

"그렇잖아도 그것 때문에 그러는데 우리 정리 한 번 해보자."

"뭘요?"

"정화조 악령 말이야, 튀었냐?"

"그렇지는 않은 거 같아요."

"우리가 다시 만나면 잡을 수 있냐?"

"……."

"어려워?"

"잘하면 잡을 수도 있겠죠. 하지만 쉽지는 않을 거 같아요."

"내가 도움이 안 돼서?"

"……."

"너 저번에 그랬지? 어쨌든 내가 술공을 열어 접신을 했으니 악령을 다스리는 방법이 있을 거라고?"

"네!"

거기서 민민의 목소리가 커졌다. 희망이 있다는 뜻이었다.

"미얀마의 낫꺼도와 한국의 무당. 그 접점이라……."

"아저씨도 몰라요?"

"알면 그냥 있겠냐? 얼른 찾아서 너를 돕지."

"진짜요?"

"응!"

"헤엣, 고마워요."

민민이 웃었다. 천진난만한 표정이 인형처럼 보였다.

"아무튼 너는 모른다?"

"네. 내가 아는 건 술공이 열릴 때 아이라비타와 발루가 안기는 것뿐이에요. 그런데 그게 아니었다니……."

"손가락 때문인가?"

승우, 별안간 접신 때의 장면이 떠올랐다. 그때 승우에게 녹아들던 태을신장과 천존신장. 손가락이 없던 태을신장…….

거기에 더해 이번에 만난 검지손가락이 없는 어린 아기 유골. 그러니 문득 그 단어가 떠오른 것이다.

"아, 그러고 보니 좋은 방법이 하나 있어요."

"방법?"

"손가락 말이에요. 만약 정화조에 있던 악령의 한이 자기 아기 손가락 때문에 맺힌 거라면 그걸 찾아주면 한이 풀어질 거예요. 그럼 우리가 제압할 수도 있죠. 한이 좀 풀리면 악령의 힘도 줄어들거든요."

우리!

민민의 말이 승우의 가슴에 박혀왔다. 어느새 우리가 된 것이다.

"공감 100%. 그런데 그걸 못 찾으면?"

"그럼 또 다른 방법을 찾아봐야죠, 뭐. 할아버지 말이 악은 소리 없이 자라지만 꺾을 수 없는 건 아니라고 했으니까요."

"네 할아버지… 나도 막 존경스러워지려고 그런다."

"쩨쭈 떤 바레."

민민이 고개를 까닥이며 웃었다.

"나수미 씨, 박주하 학생 좀 지검에 대기시켜 줘."

지시를 내리고 집을 나섰다.

검지가 잘린 채 죽은 아기.

손가락을 태주로 모시는 무당.

과연 박주하의 할머니가 그 아기의 손가락을 잘랐을까? 만약 그렇다면 무당이 죽은 지금까지도 손가락은 남았을까? 가능성은 높지 않았지만 지레 포기할 수는 없는 일이었다.

부릉!

승우는 지검을 향해 가속기를 밟았다.

*　　　*　　　*

"검사님!"

지검에 도착하자 나수미가 자료를 내밀었다.

"박주하 할머니 것?"

"네, 그런데……."

나수미가 잠시 말을 더듬었다.

"뭐가 있어?"

승우가 물었다.

"그게… 그 무당도 그 집에서 죽었는데 사인은 심장마비, 그리고 사망 장소는 낡은 정화조 앞이라고……."

"……!"

정화조.

다시 정화조가 나왔다.

승우는 재빨리 서류를 넘겼다. 어찌나 서둘렀는지 몇 장을 흘릴 정도였다. 나수미의 말은 맞았다. 당시 사망진단서에 나온 사인과 사망 장소. 뚜렷하게 뒤뜰 정화조 앞이라는 단어가 보였다.

"박주하는?"

"오고 있답니다."

"조사실 확보되었지?"

"지금 초거액 사기 계 사건 관련자들이 대거 소환 중이라 대기 중입니다."

"뭐야?"

승우의 목소리가 높아졌다.

"유 계장님이 조정 중이니까 빈 방이 나올 겁니다."

"시간 없어. 자료실은 비었지?"

"알아보겠습니다."

나수미가 뛰는 동안 승우는 다시 무당의 사망진단서를 보았다. 사망일은 지금으로부터 13년 전이었다. 그러니까 박주하가 여섯 살 때. 이어 3년 후에 엄마가 정화조 안에서 발견되는 비극의 연결. 어린 박주하로서는 감내하기 어려운 시련의 연속으로 보였다.

"검사님!"

그때 복도 끝에서 유 계장이 손을 흔들었다.

"조사실 나왔나요?"

"7번 조사실로 들어가십시오. 제가 권 검사님과 담판을 지었습니다."

"고맙습니다. 먼저 가 있을 테니 박주하 오면 데리고 오세요."

"예!"

유 계장의 목소리가 등짝에 붙어왔다. 고마웠다. 사실 따지고 보면 별것 아닌 조사실이다. 그러나 스케줄이 맞지 않을 때가 있었다. 바로 이런 경우다. 다급한 일로 관련자나 용의자 등을 소환할 때. 소소한 것 같지만 유 계장의 능력이 아니면 확보할 수 없는 방이었다.

침묵!

빈 방에 바글거리는 건 맹렬한 침묵이었다. 승우는 닫힌 문에 기대어 머리를 정리했다.

무당의 죽음. 그것도 정화조 앞. 게다가 심장마비.

물론 우연일 수 있었다. 결혼한 딸에게 자기 집을 물려준 무당. 며칠 쉬러 왔다가 산책 삼아 뒤뜰을 걸었을 수 있다. 나이도 좀 되는 만큼 심장마비도 불가능하지 않았다.

하지만 승우는 우연보다 살(殺) 쪽으로 기울었다. 만약, 만약 무당이 악령 아기의 손가락을 잘랐다면 말이다.

그사이에 박주하가 왔다.

"앉아."

승우는 차분한 말투로 의자를 내주었다. 그녀는 얌전히 지
시에 따랐다. 나수미가 물 한 잔을 내미는 동안 승우는 참관
실을 향해 녹화 사인을 보냈다.

"뉴스 봤어?"

끄덕!

박주하는 고개로 대답을 했다.

"혹시 그 일에 대해 아는 거 있니?"

이번에는 반대로 고개를 젓는 박주하. 아빠의 명예를 위해
당차게 나선 그녀. 그러나 느닷없는 유골 발견에 겁을 먹은 표
정이 역력했다.

"그럼 할머니 돌아가신 건 기억해?"

다시 박주하가 고개를 끄덕거렸다.

"좀 말해줄래? 기억나는 대로?"

승우의 주문을 받은 박주하, 물을 들이켜더니 겨우 닫힌 입
을 열었다.

"다른 건 모르고, 밤이었어요. 고양이 소리가 들렸어요. 자
주 들리던 고양이 소리……. 저는 잠들었는데… 한참 후에 웅
성거리는 소리가 들렸고… 밖에 나가보니 119 구급차가 와 있
었어요. 그분들이 정화조 앞에서 쓰러진 할머니 심폐소생술

을……."

"할머니가 왜 거기서 쓰러졌을까?"

"그건 몰라요. 할머니가 실려 가고 나 혼자 잠깐 남았는데까만 고양이가 담장에서 울었어요. 야옹!"

'고양이…….'

"계장님, 혹시 고양이 뼈도 부검 넘겼나요?"

"고양이도 나왔어요?"

승우가 묻자 박주하가 고개를 들었다.

"그래. 고양이도 한 마리 빠져 있었어."

"석 반장도 그 말을 하더군요. 그래서 국과수 친구들이 짜증 내든 말든 제가 우겨 넣었습니다. 사체보다는 좀 늦게 결과가 나올 겁니다."

"고맙습니다."

역시 베테랑들이었다. 사체가 두 구나 나온 상황. 그러니 고양이 뼈 따위는 간과할 확률이 높았다. 승우부터 그랬지 않은가? 하지만 유 계장과 석 반장의 매의 눈은 그런 곳에서도 빛이 나고 있었다. 사소한 단서까지 챙기는 놀라운 세밀함…….

"주하도 고양이 싫어하는구나?"

"네. 특히 그 검은 고양이가 싫었어요."

그 검은 고양이. 박주하의 목소리에는 감정이 실려 있었다. 그렇기에 '그'에 힘이 들어가고 있었다.

"왜?"

"밤이 오면 자주 우리 집 창으로 와서 아기처럼 울었거든 요. 검사님은 안 믿겠지만 어떤 때는……."

"……?"

"놀자. 노올자 하는 것처럼 들리기도 했어요."

거기서 박주하가 눈물을 떨구었다.

툭!

고양이에 대해 맺혀 있던 두려움이 무의식적으로 터진 것이 다.

"물 더 줄까?"

"네!"

박주하가 대답하자, 이번에는 승우가 직접 물을 따라주었 다.

"다른 게 필요하면 말해. 주스나 우유… 혹은 커피도 문제 없어."

"괜찮아요."

박주하가 입꼬리에 미소를 그렸다. 이런저런 대화로 친밀감 을 어느 정도 형성했다고 판단한 승우, 여기서 본격 질문에 들어갔다.

"주하, 외할머니하고 친했지?"

"네……."

"할머니가 무당인데 무섭지는 않았어?"

"아니요. 그때는 이미 할머니가 무당을 그만둔 후였어요.

그냥 사람들이 부탁하면 사소한 점이나 부적 같은 것만 쓰고 있었어요."

"그때… 무슨 얘기 들은 거 없어?"

"무슨 얘기요?"

"이를 테면 아기 손가락 같은 거……."

"아기 손가락?"

"응. 알아보니 너희 할머니는 태주를 모시는 무당이었어. 그런 무당은 아기 손가락을 중요시하거든."

질문을 던진 승우, 귀를 기울였다.

"그런 얘기는 없었어요."

박주하, 일단 부정적 시그널을 보내왔다.

"잘 생각해 봐. 한 번만 더……."

"없어요."

그녀, 짧게 대답하며 고개를 가로저었다. 그사이에 승우는 가슴뼈에 걸렸던 긴장을 한숨으로 밀어냈다. 승우가 원하는 답을 얻지 못한 것이다.

"고맙다. 수사는 열심히 하고 있으니까 돌아가서 조금만 더 기다려 줘."

승우는 담담한 목소리로 조사를 종결했다.

"나갈까?"

옆에 있던 유 계장이 박주하에게 문을 가리켰다.

딸깍!

문소리와 함께 희망 하나가 멀어졌다.

할머니⋯⋯.

손녀딸을 좋아하는 할머니. 그렇다면 손녀딸을 안고 이런 저런 이야기를 쏟아낼 가능성이 높았다. 전설처럼 아기 손가락에 대해 말할 수도 있었다. 하지만 하지 않았다. 아니, 어쩌면 박주하가 어릴 때라 기억하지 못할 수도 있었다.

두 가지 중 어느 경우라고 해도 다르지 않았다. 유의미한 단서를 잡지 못한 것. 팩트는 그것이었다.

그런데 멀어지던 발소리가 다시 가까워졌다.

딸깍!

문을 연 건 유 계장이었다. 그 뒤로 박주하가 엿보였다. 같은 문을 열고 닫는 소리. 그럼에도 불구하고 아주 다르게 들렸다.

"검사님, 학생이 생각난 게 있다는데요?"

유 계장의 목소리가 희망의 불씨를 살렸다.

"아기 손가락 얘기는 아니고요⋯⋯."

문 앞에 선 박주하가 나지막이 입을 열었다.

"아, 괜찮아. 아무거라도."

승우는 문 앞까지 다가와 박주하를 바라보았다.

"그 집⋯⋯."

"⋯⋯."

"사고가 난 그 집⋯⋯. 할머니가 터줏대감에게 보물을 바쳐 두었으니 뭐든지 잘될 거라고 얘기한 적이 있어요."

"보물?"

"그게 저하고 엄마를 잘 보살펴 줄 거라고… 걱정하지 말라
고……."

"다른 말은 없었고?"

끄덕!

그녀는 마지막을 처음과 똑같이 장식했다. 승우 역시 유 계
장을 향해 고개를 끄덕해 보였다. 이제 데리고 가도 좋다는
사인이었다.

터줏대감!

기다리던 소득이 나왔다.

거기에 또 하나가 보태졌다. 이번에는 석 반장의 전화였다.

─무당과 관련된 소문을 아는 사람을 찾아냈습니다요.

승우의 엔돌핀이 콸콸 분비되었다.

"이분입니다."

석 반장이 가리킨 건 환자였다. 교외의 정신병동, 낡은 침대
위에 100살을 바라보는 할머니가 있었다. 마침 기저귀에 똥을
싸서 간병인들이 수습 중이었다. 냄새가 병실에 진동을 했다.

"잠깐 나가 계시는 게?"

석 반장이 승우를 바라보았다.

"괜찮습니다."

승우는 개의치 않았다. 솔직히 냄새가 괜찮은 건 아니었다. 하지만 냄새보다는 사건의 실체에 다가서는 게 중요했다. 토악질은 사건을 해결한 후에 해도 늦지 않을 일이었다. 그러다 피식 웃어버리는 승우.

'사람 됐네.'

스스로를 향해 중얼거렸다. 얼마 전까지만 해도 상상도 못할 일이 벌어지고 있는 것이다. 비리 검사 송승우. 그는 결코 이런 검사가 아니었다.

"이제 됐습니다."

똥을 수습한 간병인들이 자리를 비켜주었다.

"안녕하세요?"

승우, 반장에게 녹음을 지시하고 다가섰다.

할머니는 반응하지 않았다. 그저 옷자락을 당겨 손가락으로 돌돌 말 뿐이었다. 말다가 풀어지면 다시 말고, 마치 어릴 때 부모님께 야단맞는 아이 같았다.

"할머니……."

승우는 무릎을 굽히고 할머니와 눈높이를 맞췄다.

"물어볼 게 있어서요. 양양동에 사셨다고요?"

"……."

"거기 살던 무당 알죠? 노신애라고……."

"……."

"기억 안 나세요? 우리 반장님께는 안다고 하셨다던데……."

"잠깐만요."

진도가 나가지 않자 반장이 끼어들었다. 그는 품에서 왕 눈깔사탕을 꺼내 할머니에게 내밀었다.

"내 거야!"

놀라운 일이 벌어졌다. 침묵하던 할머니가 사탕을 가로챈 것이다. 하지만, 반장이 더 빨랐다.

"아까 나한테 했던 말… 그거 우리 검사님에게 다시 해봅쇼. 그럼 사탕 드립죠."

석 반장의 손에 사탕이 몇 개 더 보태졌다.

세 개.

다섯 개…….

할머니는 사탕이 늘어나는 걸 무섭게 노려보고 있었다. 그러다 일곱 개가 되자,

"사탕 줘… 말해줄게."

할머니가 손을 내밀었다. 아까와는 달리 아주 간절한 표정이었다. 할머니는 치매를 앓고 있다. 거기에 노인이라면 대개 피할 수 없는 변비까지. 조금 전에 푸짐하게 내지른 건 관장약의 효과였다.

"약속!"

석 반장, 노인들을 많이 상대해 본 걸까? 굵은 손가락을 내밀자 할머니의 새끼손가락이 따라왔다.

사탕 몇 개를 담보로 한 약속이 이루어졌다. 반장은 노란

포장의 사탕을 까서 할머니 입에 넣었다. 나머지는 그 품에 안겨주었다.

"할머니……."

반장의 눈짓을 받은 승우가 질문을 재개했다.

"응?"

아까와 달리 착하게 반응을 하는 할머니.

"노신애 씨, 아시죠?"

"알지. 무당이잖아? 벼락 맞아 뒈진……."

벼락?

"벼락 맞아 뒈져도 싸지. 암!"

할머니는 혼자서 진도를 쭉 치고 나갔다.

"무당은 심장마비로 죽었던데요?"

"무슨 소리? 그년은 벼락 맞아 죽었어. 암. 인간이 인두겁을 쓰고 그러면 안 되지. 누가 모를 줄 알아?"

"뭘 아시는데요?"

"남의 귀한 자식을 손가락 잘라 죽게 했잖아? 7대 독자인 남편이 죽어 피붙이라고는 그것 하나뿐인 색시인데… 얼마나 참한 색시인데……."

"……!"

승우가 잠시 숨을 멈췄다. 이 할머니, 사건을 제대로 알고 있었다.

"그게 정말입니까?"

호흡을 고르고 다시 질문하는 승우. 그런데…….

"그렇다니까. 그걸로 엿을 바꿔 고양이 똥구멍에 처박았어. 치질 비방이라나? 그러니 천벌을 안 받겠어?"

"……."

잘나가다가 옆길로 샜다. 승우가 고개를 돌리자 석 반장은 어깨를 으쓱해 보였다. 치매시라서… 그 뜻이었다.

"무당이 아기 손가락 자른 건 어떻게 알았어요?"

"응?"

"손가락 자른 거요. 그거 진짜인가요?"

"아니면? 내가 이 나이 먹고 거짓부렁이나 씨부릴까?"

할머니, 다시 제정신이 돌아왔다.

"좀 자세히 얘기해 주세요. 보신 건가요? 아니면 들은 건가요?"

"들었지. 이철구 아버지에게."

이철구…….

모르는 이름이 등장했다.

"이철구가 누구죠? 아는 대로 말해주세요."

승우는 서둘렀다. 따라서 문장을 최대한 줄였다. 할머니의 치매가 긴급 출동을 하기 전에 마무리를 해야 했다.

"누구긴? 무당 년 장구잽이지. 그 무당 년이 신통력을 올리려고 착한 철구를 시켜먹은 거야. 그 멍청한 놈이 무당 딸 간질만 고쳐지면 저 준다는 말에 속아 똥오줌 못 가리고 도운

거야. 하긴 그건 일도 아니지. 그보다 더 심한 짓도 시켜 처먹었으니…… 하지만 세상에 비밀이 어디 있어? 마음 약한 철구 놈이 술 진탕 퍼먹고 잠꼬대하는 걸 그 부모들이 들었지. 본인은 아니라고 했지만 아니긴? 망할 년. 벼락 맞아 뒈질 년……"

신통력을 올리기 위해, 딸의 간질을 고치기 위해서 신과 교통하는 천리안이 필요했다. 승우가 생각하던 추측이 일단 확인되는 순간이었다.

"그보다 더한 짓요?"

"그래. 그 육시를 할 년이……"

"그게 뭔데요?"

"뭐겠어? 그 가엾은 모자를 똥통에다 묻은 거지."

"……?"

"우리 동네 사달은 그때부터 나기 시작한 거야. 젖아기 손가락을 자르고 엄마랑 같이 똥통에 처박았으니 어찌 한을 품지 않겠어? 어이구, 나라도 구신이 되겠네. 구신아, 그 연놈들 집 안을 싹 뭉개 버리거라. 창사구의 똥이 싹 비워지도록 뭉개거라. 훠어이."

"그 얘기를 이철구 아버지에게 들었다고요?"

"아, 젊은 놈이 몇 번을 얘기해야 알아 처먹어?"

"그럼 이철구 씨 아버지는 지금 어디에 있나요?"

"이철구 애비?"

"예."

"저기 있네."

할머니, 승우의 뒤를 가리켰다. 빈 벽이었다.

"안 보여? 저기 지 마누라랑 같이 하얀 옷을 입고 피눈물 철철 흘리고 있잖아? 하나밖에 없는 아들이 무당에게 속아 신세를 조졌는데 어떻게 피를 안 흘리겠어. 그 아들 찾아다니다 부부가 객사했는데 어떻게… 저놈의 늙은 딱따구리들 죽어서도 눈을 못 감고 있네 그랴. 쯔쯧!"

"……!"

승우, 반장 몰래 고개를 돌린 채 접신했다. 벽은 비어 있었다. 할머니, 귀신을 보며 하는 말이 아니었다.

"그럼 이철구도 죽었나요?"

"죽었지. 고양이 소리가 바람 소리에 뒤섞인 날, 거기 언덕 위에 있는 웅덩이에 풍덩!"

"그건 어떻게 아시죠?"

"아, 왜 몰라? 바람 부는 날 거기 가면 철구 울음소리가 들리는데. 어무이, 어무이 하면서……."

"……."

승우의 가슴이 또 한 번 철렁 무너졌다. 어쩌면 멋대로 지껄이고 있을 수도 있는 할머니. 하지만 저 말이 사실이라면 웅덩이에서 또 한 구의 사체가 나올 판이었다.

"할머니. 마지막으로 물을게요. 유은실 말입니다. 아기와 함께 사라진 색시… 더 아는 거 없나요?"

"왜 없어? 구신이 되었지. 암. 나라도 구신 되고말고. 그래서
그 무당 년 집안을 쑥대밭으로 만들고말고. 그래서 우리 동네
가 그 꼴이 되었잖아? 무당 년과 붙어 처먹던 것들이 하나둘
병에 걸리거나 객사하고… 무당 년도 벼락에 급살을 맞아 뒈
지고……."

"……."

"급살 맞아 뒈지거라."

"말씀 고맙습니다."

"이놈아, 사탕이나 처먹고 가."

할머니, 느닷없이 빨던 사탕을 승우 입에 찔러 넣었다.

"……!"

"이놈도 귀신이 붙었네. 아이고, 무서버라……."

할머니는 몸을 움츠리는가 싶더니 담요를 뒤집어써 버렸다.
승우는 입에 든 사탕을 손에 뱉었다. 석 반장이 휴지를 내밀
었다. 휴지로 사탕을 만 승우는 조용히 복도로 나왔다.

"신뢰도가 좀 떨어집죠?"

반장이 녹음기를 들어 보였다.

"반장님이 수고 좀 해주셔야겠어요."

"웅덩이 뒤지라굽쇼?"

눈치는 빨랐다.

"그건 내가 하죠."

"예?"

"반장님은 이철구 씨라는 사람… 생사 여부 좀 확인하시고요, 혹시 가까운 지인이 있으면 수배 좀 해주세요. 그 부모님들 죽은 원인도요."

"웅덩이도 제가 합죠."

"아뇨. 그쪽을 서둘러 주세요."

승우는 석 반장에 앞서 걸었다.

*   *   *

콸콸콸!

사건 현장 인근에 도착한 승우는 양수기를 동원해 웅덩이의 물을 빼기 시작했다. 워낙 진흙뻘인 곳이라 잠수부로는 뒤질 수 없었다. 뒤로는 의경들이 수십 명 도열해 있었다. 물이 빠지면 저들이 손이나 발, 작대기 같은 걸로 바닥을 확인할 예정이었다.

거기에도 고양이 울음은 있었다. 돌아보면 아무것도 없는데, 분명 바람 속에 뒤섞여 들렸다.

'또 하나의 사체가 나올까?'

승우는 기억 속에서 퍼즐 조각을 만지작거렸다. 고난도의 퍼즐이다. 원래 퍼즐은 어느 정도 조각이 모이기 전에는 전체 그림을 파악하기 어렵다. 하지만 일정 수준 모이면 전체 윤곽을 잡는 건 어렵지 않았다.

물을 빼는 동안에 무당의 집으로 내려갔다. 언덕에서 본 무당의 집은 안으로 깊었다. 주변보다 조금 낮은 지반에 한쪽을 가로막은 수풀들… 음기가 강한 곳이었다.

마당에 들어섰다. 그 가운데 자리를 잡은 승우, 가만히 접신상태에 돌입하며 영기를 끌어올렸다. 단박에 주검의 냄새들이 상승한 오감을 치고 들어왔다.

젖아기의 손가락.

어딘가 있을까?

아니면 사라진 지 오래일까?

주검의 냄새를 따라 촉을 세워보지만 머리만 아팠다. 정화조에서 풍기는 주검의 냄새가 너무 강해 집중하기 어려웠던 것이다.

"할머니가 터줏대감에게 보물을 바쳐 두었으니 잘될 거라고 얘기한 적이 있어요."

박주하의 말을 상기했다.

터줏대감…….

집안에 사는 귀신은 뭐가 있을까? 엄마에게 들은 몇 가지가 떠올랐다.

성주신, 삼신, 측신, 조왕신, 수문신, 그리고 터주신!

그들은 뭘 하며 어디에 살까? 성주신은 집안 귀신 중에서 대빵. 가정의 길흉화복을 관장한다. 주로 대청이나 안방에 거주한다. 삼신은 아기를 점지하고 조왕신은 부엌……. 하나하나 짚어가던 생각이 터주신에 닿았다.

'터주신이 사는 곳…….'

주로 뒤뜰이나 장독대!

그럼 터줏대감에게 보물을 바쳤다면?

'뒷마당?'

정신줄에 고압전류가 번쩍 들어온 승우는 서둘러 뒷마당으로 뛰었다. 그 정화조가 가까운 곳이었다.

'장독대는 어디에 있었을까?'

오래전에 사라졌을까? 눈에는 보이지 않았다. 하지만 이 집은 오래된 고옥. 정이순 때에야 장독을 쓰지 않았다고 해도 노신애 때는 분명 있었을 일이었다. 승우는 박주하에게 전화를 걸었다. 혹시 그녀가 들은 말이 있을 수도 있었다.

―알아요. 저 태어나기 한 해 전에 치웠다던데… 집 왼편 끝에 있었대요. 그때 문제의 정화조도 안 쓰게 되니까 흙으로 완전히 덮었다고…….

다행히 그녀는 많은 걸 기억을 하고 있었다.

무당은 장독대를 치우면서 정화조도 흙으로 덮었다. 집 안 정리를 하는 척하며 자연스럽게 증거를 은폐한 모양이었다. 하지만 세월이 흐르면서 정화조 머리가 드러났다. 그건 무당이 계산하지 못한 일 같았다.

왼편이라면 정화조 반대편이었다. 승우는 그곳으로 뛰었다.

"민민!"

저문 하늘을 민민을 불러냈다.

"밍글라바!"

"밍글라바!"

승우는 인사를 받으며 말을 이었다.

"민민… 여기 어디 젖아기의 손가락이 묻혀 있을지도 몰라. 찾을 수 있을까?"

민민에게 물었다. 안 된다면 언덕 위의 의경들을 나눠 여기로 투입할 참이었다. 군대대신 온 의경들이라고 삽질하지 말라는 법은 없었다.

"해볼게요."

민민은 주저하지 않았다. 승우는 검은 코끼리 멧씨를 꺼내주었다.

"어, 어떻게 알았어요?"

민민이 물었다.

"걔가 눈이라는 의미라서 잘 찾는다며? 다른 것도 필요해?"

"아뇨. 일단 해볼게요."

민민은 어느새 훌쩍 커진 검은 코끼리 옆에 섰다.

뿌어어!

포효와 함께 검은 안개가 터져 나왔다. 안개는 주변을 자욱하게 감추더니 바로 대지로 스며들어갔다.

"아저씨, 비켜요!"

한참 동안 집중하던 민민이 소리쳤다.

"왜? 악령이 나타난 거냐?"

"그게 아니고… 아저씨 발밑에 뭔가 있대요."

민민이 나풀거리며 웃었다.

승우는 자루가 부러진 괭이를 주워다 땅을 헤쳤다. 얼마나 팠을까? 손바닥이 까져 피가 얼비칠 정도였지만 보이는 게 없었다. 승우, 거기서 민민을 다시 보았다.

"멧씨를 믿으세요."

민민은 여유만만했다.

민민이 믿는다면 승우도 다를 수 없었다. 조금 더 파내려가자 깡, 쇳소리가 들렸다. 뭔가 나온 것이다.

"……!"

우선은 쇠판을 걷어내야 했다. 그걸 걷어내니 바위틈이 보였다. 그러니까 바위 틈새에 항아리를 넣고 그 위를 쇠판으로 덮은 모양이었다. 틈새에 놓인 항아리를 꺼냈다.

흙을 털고 뚜껑을 열자, 뭔가가 나왔다. 항아리 안에는 가죽 주머니, 그 안에 또 다른 주머니가 들어 있었다. 과연 보물이라고 이름 붙일 만한 장치였다. 그리고… 마침내 마지막 주머니를 여는 순간,

'욧!'

사납게 터져 나오는 영기에 놀란 승우가 고개를 돌렸다.

"아저씨, 괜찮아요?"

민민이 흰 빛으로 승우를 감싸며 물었다. 승우는 눈을 비비며 주머니를 바라보았다. 주머니는 그 자체가 부적이었다. 악귀를 쫓는 병인부(病人符)··· 누런 주머니 안에서 떠가던 글자는 빛을 받으며 기괴한 빛을 튕겨냈다. 승우는 그걸 태워 버렸다.

주머니를 털자 젖아기의 손가락이 나왔다. 작은 나무토막처럼 완전히 말라붙은 채로······.

"아기의 한이 배어 있다 터진 거예요. 보통 사람이면 눈이 멀었을지도 몰라요."

민민이 출렁거렸다.

'젖아기 손가락······.'

두 마디 이상 성둥 잘린 채 말라붙은 손가락이었다. 한 살도 되지 않은 아기. 얼마나 아팠을까? 그걸 생각하니 엄마의 한이 이해될 것도 같았다.

그리고······.

"검사님, 시신이 나왔습니다!"

언덕 위 웅덩이 쪽에서 의경들의 외침이 들려왔다.

7장

인면수심 위선자들

시신은 철저하게 유기되어 있었다.

우선 시신을 누른 돌덩어리가 그랬다. 목과 가슴, 다리 부위를 제대로 눌렀다. 이런 상태로 진흙에 처박혔으니 떠오르지 않은 것이다. 물론, 정화조에서 나온 모녀의 그것처럼 남은 건 뼈뿐이었다. 세월이 화살처럼 흐른 후였다.

이철구……

뼈의 이름이 이철구라는 걸 알아내는 건 시간문제에 불과할 일이었다. 그의 부모가 죽었다 해도 다른 혈육은 살아 있기 때문이다.

그런데 돌발 상황이 발생하고 말았다.

"검사님!"

사체를 수습하던 감식반원이 찢어지는 소리를 냈다. 소리 끝에 음산한 느낌이 끈적하게 딸려왔다.

야옹!

맨 처음 나타난 건 검은 고양이 한 마리였다. 무당의 집에 들어섰을 때 보았던 놈이었다. 흰 자위 외에는 온통 검은색을 칠한 녀석의 몸은 광을 낸 것처럼 번쩍거렸다. 녀석은 사체로 다가와 꼬리를 세웠다.

야옹!

그게 신호였을까? 여기저기서 고양이들이 몰려들었다. 죄다 검은 고양이였다. 그들은 처음 등장한 고양이 뒤에 사납게 자리를 잡았다.

'영기다!'

승우의 눈자위가 구겨졌다. 처음 나타난 고양이에게서 약하지만 영기를 느낀 것이다.

어쩐다?

잠시 고민을 했지만 그냥 두었다. 영기는 흔적에 불과했다. 누군가를 해치거나 빙의할 정도는 아니었다.

"쫓을까요?"

의경을 지휘하던 경위가 물었다.

"그러세요."

승우의 지시가 떨어지자 의경들이 작대기를 휘둘렀다.

"워이, 워이! 저리 가!"

고양이들은 작대기에 떠밀려도 일어나지 않았다. 그러다 맨 앞의 고양이야 야옹, 음산한 울음을 울자 일제히 기세를 올렸다. 털을 꼿꼿이 세우고 시위라도 하듯 눈에 불을 켜는 고양이들. 마음 약한 의경들은 공포에 사로 잡혀 뒷걸음질을 쳤다.

고양이들은 시신을 뚫어지게 노려본 후에야 일제히 눈빛을 꺾었다. 고양이들도 이 시신에 원한이 있는 걸까?

야아옹!

의경들이 움츠리는 사이에 고양이들은 유유히 어둠 속으로 사라졌다. 마지막 수풀 앞에서 사체를 우묵하게 노려보는 것을 끝으로.

"어우!"

심약한 의경 몇은 결국 그 자리에 주저앉았다.

"야, 이 새끼들아. 명색이 경찰인데 고양이한테 놀라? 빨리 못 일어나?"

경위는 의경들을 닦아세웠다.

안정을 찾은 의경들이 접근금지 폴리스 라인을 세우는 동안 석 반장에게 전화가 왔다.

―지인 찾았습니다요. 지검으로 데려갈깝쇼?

"어디죠?"

승우가 물었다.

—사건 현장에서 그리 멀지 않습니다요. 도로변에서 호프집을 하고 있는뎁쇼?

"그래요?"

—그리고 이철구 그 친구, 12년 전에 실종 신고가 되어 있던뎁쇼?

"웅덩이에서 사체 한 구 나왔습니다. 그 사람일지도 모르죠. 부모님은요?"

—요양원 할머니 말이 맞습디다. 수소문해 보니 아들이 실종되자 방방곡곡 찾아다니다 부부가 객사를……

"틀림없나요?"

—예.

"주소 찍으세요. 내가 거기로 가겠습니다."

—검사님이요?

"예!"

승우는 그 길로 차에 시동을 걸었다.

10분여를 지나 호프집에 닿았다. 보기에도 오래된 호프집은 도로변에 있었다. 그리 큰 도로가 아니라 번화하지는 않은 곳이었다.

"이 친구입니다요."

석 반장이 주인을 소개했다.

마흔을 갓 넘은 남자는 외모상 오십 대는 되어 보였다. 장사가 잘되지 않아 삭은 모양이었다.

"송승우 검사입니다. 이철구 씨 지인이라고요?"

승우가 신분을 밝히며 조사를 시작했다.

"예……. 동창입니다."

주인은 그래도 협조적이었다. 어쩌면 노련한 석 반장이 미리 기름칠을 했는지도 모를 일이었다.

"행방불명이라고요?"

"예. 어느 날 갑자기 연락도 없이 사라졌습니다."

"혹시 짐작 가는 일 같은 건 없나요?"

"그건……."

주인이 주저했다. 그러자 석 반장이 넌지시 압박을 해왔다.

"그냥 아는 대로 말하쇼. 큰 사건이라 검찰청이 총동원되었으니 위증하면 재미없수. 아까 보니까 손님들 중에 미성년자도 있는 거 같던데……."

"……."

주인의 얼굴이 조금 더 일그러졌다. 그는 석 반장의 눈치를 살폈다. 노련한 반장은 딴청을 부렸다. 주인은 협조할 수밖에 없었다.

"그때도 제가 여기서 호프집 하고 있었는데 어느 날 술을 마시러 왔더라고요."

주인의 입이 열리기 시작했다.

"그날따라 술을 많이 마셨어요. 그러더니 몹쓸 죄를 지었다고 하더라고요. 자기는 죽으면 지옥에 갈 거라고……."

"……"

"그러더니 이 말을 했어요. 그놈의 여자가 뭔지……"

"여자요?"

"아마… 무당집 딸일 겁니다."

"무당집 딸이면 정이순요?"

승우가 물었다.

"네. 무당이… 굿거리 좀 도와주면 딸을 준다고 했대요. 그 딸이 얼굴 하나는 반반하거든요."

"계속하세요."

"내가 보기에도 예뻤는데… 철구 놈은 그 여자를 보고 장 구잽이로 들어간 게 틀림없지요."

"하지만 정이순은 박상천과 결혼했지 않습니까?"

"그거야 이철구가 사라진 후에 일어난 일이니까 나도 잘 모르죠. 그때 이 동네는 머리 아픈 일이 많았어요. 이철구가 사라진 후에 박상천이 건질 않나… 아무튼 이해가 안 갔다고요."

"실종된 후로 연락은 없고요?"

"없었습니다. 웬만하면 자기 부모님은 몰라도 나한테는 한 번 연락을 할 놈인데… 진짜 어디 가서 뒈진 건지……"

"다른 건 뭐 특별히 기억나는 거 없나요?"

질문을 하면서 승우는 손바닥을 만졌다. 뒷마당을 팔 때 생 긴 손바닥 상처에서 피가 배어나와 있었다. 생각보다 많이 벗겨진 모양이었다.

"아, 그거 보니 생각이 나네요."

"……?"

"그놈이 술에 떡이 되던 날, 정화조 휘젓는 거라며 작대기를 들고 왔었어요. 왜 들고 다니냐고 하니까 버벅거리던데… 아무튼 돌아갈 때 내가 챙겨주었는데, 그걸로 뭐 좀 찍다가 손바닥이 까졌다나? 검사님처럼 손바닥이 벗겨지고 피가 났어요. 꽤 많이……."

"……!"

승우의 눈이 동그랗게 떠졌다. 정화조라는 단어 때문이었다.

"그럼 그 작대기는 어떻게 되었죠?"

"철구가 갈 때 가져갔죠. 그건 또 제대로 챙기더라고요. 그깟 박달나무 작대기가 뭐 그리 대단하다고……."

박달나무 작대기.

정화조 안도 휘저을 수 있는 크기.

호프집 주인의 기억으로는 2미터 정도에 달하는 크기였다.

"제가 한 번 가봅죠."

석 반장도 촉이 돋은 걸까? 조사가 끝나기 무섭게 자리를 털고 일어섰다.

응애에, 응애에!

아기 소리가 들렸다. 사방은 어두웠다.

야옹, 야아옹!

자세히 들으니 고양이 소리였다.

고양이는 요물인가? 왜 그 소리는 아기의 울음처럼 들리는 걸까? 하지만 이는 듣는 사람마다 다르다. 이런 경우는 많다. 실제로 미국인들은 닭이 울면 '코코돌르도'라고 한다. 우리의 꼬끼오와는 좀 다르다. 고양이 소리도 그런 경우가 아닐까?

승우는 수색을 지켜보고 있었다. 야심한 밤, 무당의 고택에 전등 빛이 번쩍거렸다. 석 반장과 의경들이었다. 석 반장이 작대기를 찾아보려고 달려왔을 때, 웅덩이에 남아 있던 의경들이 있었다. 석 반장은 그들을 앞세워 수색에 돌입했다.

촉이 닿으면 밤샘도 마다하지 않는 열혈 수사관. 그가 바로 석경표였다.

미안했다.

경찰들이 저런 수고를 하는 줄도 모르고 무작정 무시했던 자신이……

"민민!"

손목 부근에서 찰랑거리는 민민을 본 승우가 입을 열었다.

"왜요?"

"악령… 아직도 이 근처에 있니?"

"아저씨가 느끼기에는 어때요?"

"있는 것 같아."

주변에 신경을 집중해 본 승우가 말했다.

"잠깐만요."

민민은 허공에서 움직임을 멈췄다. 그러더니 소리 없는 빛의 파문을 두어 번 튕겨냈다. 빛은 어둠을 향해 날아가다 신기루처럼 사라졌다.

"있어요. 하지만 꼭꼭 숨어 있는 것 같아요."

"그래?"

"불러내게요?"

"그래야겠지?"

"으음… 저 아저씨들이 가면요?"

민민의 빛이 의경들의 전등을 가리켰다. 전등은 이제 주변 폐가까지도 아우르고 있었다.

"안 될까?"

"아기 손가락 가지고 있죠?"

"응!"

"그럼 될 거 같아요."

민민이 밝게 대답했다. 그게 긍정의 신호였을까? 석 반장이 긴 작대기를 들고 다가왔다.

"호프 주인이 말하던 것 같은 게 몇 개 나왔습니다. 꽤 오래 묵은 거 같은데 국과수에 넘겨봐야겠죠?"

"그래 주세요."

"마무리는 내게 맡기고 들어가십쇼. 사무실에도 할 일이 밀렸을 테고 좀 쉬셔얍죠."

"반장님이나 먼저 들어가세요. 오늘 고생 많았습니다."

"검사님은요?"

"저는 여기서 머리 좀 정리하고 갈게요. 전체적인 그림을 좀 그려봐야겠습니다."

"머리에서 쉰내 나는 늙은이는 도움이 안 되겠죠?"

"그런 건 아니고요, 그 작대기하고 아까 나온 사체 부검도 중요하니까 가서서 재촉해 주세요. 두 가지의 연관성도 함께……."

"그럽죠."

석 반장은 고단한 어깨를 추스르며 차에 올랐다.

"민민……."

석 반장의 차가 멀어지자 승우가 다시 민민을 불러냈다.

"네."

"이제 우리 차례다."

"잠깐만요."

승우가 손가락 상자를 꺼내려 할 때였다. 민민이 빛을 출렁이며 막아섰다.

"왜? 겁나?"

"그게 아니고요……."

민민의 빛이 언덕을 가리켰다. 간 줄 알았던 석 반장의 차가 돌아오고 있었다.

"드시면서 생각합쇼. 높으신 검사님이 배까지 쫄쫄 굶면서 수사해서야 되겠수?"

석 반장이 내민 건 김밥과 물이 부어진 컵라면이었다. 받아 드는 승우의 코가 짜아해졌다.

"반장님……."

"아부는 아니라우. 내가 잠복 많이 해봐서 아는 겁죠. 굶으면서 잠복하면 몇 년 후에 반드시 위에 부작용 온다우."

반장은 투박한 웃음을 남기고 가버렸다.

"아저씨는 좋겠네요."

민민이 다시 밝아지며 말했다.

"아니, 하나도 안 좋아."

"왜요? 아저씨 생각해서 사온 건데?"

너랑 같이 먹을 수 없잖아?

승우는 그 말을 안으로 넘겨 버렸다.

＊   ＊   ＊

손가락!

젖아기의 집게손가락. 무려 두 마디 이상이나 잘린 어린 손가락……

손바닥 위에 놓인 손가락은 마른 나뭇가지처럼 보였다. 거기 검은 구름을 헤치고 나온 달빛이 여명처럼 올라앉았다. 그러자 한순간, 손가락이 꿈틀거리는 것만 같았다.

아파! 엄마, 아파!

엄마, 내 손가락을 찾아줘!

아련한 환청을 따라 야옹, 고양이 소리가 들렸다.

"아까 그 고양이에요."

민민도 아까의 상황을 본 모양이었다. 검은 고양이는 혼자였다. 그는 마치 보초라도 서는 듯 머리를 드러낸 정화조 위에 올라앉아 우묵하게 승우를 노려보았다.

야옹!

응애에!

야옹!

응애에!

마치 손가락을 대신해 울어주는 듯한 소리… 그 소리가 승우의 모골에 아뜩한 한기를 일으켰다.

"악령이 다가와요!"

어깨 부근에서 찰랑거리던 민민이 소리쳤다. 그건 승우도 느끼고 있었다. 사음한 악령의 느낌이었다. 주변을 오싹하게 만드는 한기를 타고 조금씩 좁혀오는 어둠의 힘……. 승우는 먼 달빛을 보았다. 이제 다시 구름 안으로 들어가기 직전. 흐려지는 달빛을 따라 악령의 힘은 따갑게 밀려들었다.

'왔다!'

승우는 벌 떼처럼 일어선 머리털을 다독이며 안으로, 신음을 곱씹었다.

끼에에!

느껴졌다.

강력하게 다가오는 악령의 힘…….

끼에에!

피가 거꾸로 흐르기 시작했다. 긴장과 홍분이 혈관 안에서 멋대로 뒤섞이고 있는 것이다.

"민민!"

"네."

"숨어라!"

"……?"

악령과 대적을 불사하려는 승우, 그가 꺼낸 카드는 의외였다. 민민은 의아한 표정을 지었지만 승우 태도가 완고하자 그 말에 따랐다.

끼에엑!

허공을 찢는 소리가 마당에 닿자, 사물은 숨을 죽였다. 정화조 위의 고양이 또한 어디로 갔는지 보이지 않았다. 승우는, 폐가 안에 있었다. 무너진 스티로폼 뒤에 몸을 감추고 있었다.

'웃!'

한순간 승우는 살갗을 파고드는 한기를 느꼈다. 그냥 한기가 아니었다. 노출된 피부가 찢기며 모세혈관들이 터지기 시작한 것이다. 참았다. 지금은 참는 게 이기는 상황이었다.

그 끝 간 데 없는 공포와 함께 악령이 등장했다. 젖먹이 아가를 안은 음산한 악령. 그녀는 연기처럼 깨진 담장을 넘어와 마당에 내렸다.

그녀의 시선이 꽂힌 건 손가락이었다. 승우가 작은 돌 위에 올려둔 그것. 고양이보다 음산하고 뱀보다 사음한 눈으로 주변을 살핀 그녀, 승우가 숨은 방 안을 노려보더니 흰 안개로 손가락을 들어 올렸다.

접신 없이 공포를 견디는 승우, 그 손목에 숨은 민민. 그녀는 엷은 영기를 느꼈지만 위협으로 생각지 않는 눈치였다.

승우가 바란 건 그것이었다. 민민의 코끼리로도 제압을 장담할 수 없을 만큼 한이 서린 악령. 그렇기에 빈틈을 공략하는 게 최선이라는 판단이었다. 그래서 승우, 고통을 참아내며 기회를 노리고 있었다.

젖아기의 손가락을 집어 든 악령, 그 음산한 빛이 한순간 헐렁해졌다.

승우가 노리던 때가 왔다.

"민민, 지금이야!"

"알았어요!"

벼락같은 움직임과 함께 민민이 튀어나갔다. 승우는 그 진로를 따라 검은 코끼리와 함께 흰 코끼리 까웅 깅을 날려주었다.

파아앗!

악령이 고개를 들었을 때, 민민은 이미 그녀의 시선을 완벽하게 덮고 있었다.

"제압해!"

벽을 박차고 나온 승우가 외쳤다. 그 역시 가능한 모든 영기를 뿜어 악령에게 쏟아 부으며…….

끼에이이!

순식간에 들이닥친 영력에 놀란 것일까? 악령의 빛이 나른하게 출렁거렸다.

파앙!

마지막 몸부림인 듯 갈기 세운 영기가 파문을 이루며 튀어나왔지만 그뿐이었다. 그사이를 뚫고 나간 검은 코끼리의 왕, 떼이디의 궤적이 악령을 들이치고 있었다.

꾸에이이!

하나, 둘, 셋, 넷…….

찰라의 순간을 따라 악령을 제압하는 죽음의 링은 악몽 위의 악몽이었다. 세 궤적은 엄마를 꿰고, 나머지 하나는 아기를 엮었다. 계산된 영력에 사로잡힌 악령은 무지한 몸부림으로 마당을 휩쓸고 다녔다. 순간 민민이 탄 까웅 깅의 몸에서 흰 서광이 아른거리기 시작했다. 빛은 촘촘한 물결을 이루며 모이더니 악령의 중심을 향해 벽력처럼 날아갔다.

후웅!

승우는 보았다. 뒷마당이 잠시, 밝은 섬광에 휩싸이는 걸. 그 섬광이 두어 번 위세를 더하자 악령은 그 자리에 쓰러지고 말았다. 악령이 완전히 제압되는 순간이었다.

"이제 됐어요."

펄펄 뛰던 악령이 얌전해지고서야 민민이 승우에게 신호를 보냈다. 그런 다음 민민은 친디를 불러냈다.

"잠깐만 기다려 줄래?"

승우가 뜻밖의 요청을 해왔다.

"아저씨가 원한다면요."

민민은 착한 소리로 답하더니 친디의 황금 갈기를 쓰다듬는 여유를 보였다.

승우는 악령 앞에 섰다.

희미하게나마 그녀의 모습이 드러났다. 젊은 과부로 억울하게 죽은 여자. 그리고 그 여자가 안고 있는 젖먹이 아기. 이제 보니 그녀는 악령이 되어서도 아기에게 젖을 물리고 있었다. 나아가… 이제 사멸될 처지면서도 그조차 잊은 듯 마른 손가락을 젖먹이 손에 붙이려 안간힘을 썼다.

하지만, 손가락은 붙지 않았다. 붙이면 떨어지고, 또 붙이면 떨어질 뿐… 신화 속의 허망한 이야기 시지프의 일이 거기서 반복되고 있었다.

"그건 내가 붙여주지."

승우, 악령에게 말을 건넸다. 고개를 내민 달빛이 승우의 피부에서 흘러내리다 엉긴 피를 무심하게 비추고 있었다.

[…….]

"내가 붙여준다니까."

[당신이?]

악령이 처음으로 입을 열었다.

"무당 노신애가 당신 아기의 손가락을 잘랐지? 그 마음 알 것 같아."

[안다고? 천만에.]

악령의 눈에서 차가운 불꽃이 튀었다.

[당신은 알 수 없어. 내 간절함… 내 애달픔… 내 목숨을 갈아 넣고라도 살리고 싶었던 우리 아기…….]

"……."

[이 아기가 무슨 죄가 있다고… 우리가 무슨 죄가 있다고……!]

"맞아. 모든 건 노신애의 탐욕이었어. 영험한 무당이 되려는 욕심……."

[그년은 죽어도 싸. 아니, 그년의 핏줄은 다 죽어도 싸. 다 죽일 거야. 다!]

악령은 궤적에 엮어 허덕이면서도 저주를 잊지 않았다.

"그래서 당신이 노신애를 죽였나? 그 딸 정이순도?"

[내가 죽였지. 노신애는 늙은 거라 간단했고… 정이순은 그

래도 젊어서 좀 걸렸어. 복수를 했지. 무당 년이 나와 내 아기
를 죽였듯이 나도 그 딸을 그 정화조로 끌어들였어.]

"어떻게?"

[넌 알 거 없어. 넌 상관없는 인간…….]

"아주 상관없지는 않아."

승우가 담담하게 말했다. 어쩌면 이 또한 조사나 심문 과정
이었다. 귀신 심문, 상상해 본 적도 없지만 심문은 심문이었
다. 왜냐면 승우는 검사. 사건의 진실을 밝혀야 하니까.

[하긴 그렇지… 너 정체가 뭐야? 산 자와 죽은 자의 냄새를
동시에 가진 사람……. 당신도 무당인가?]

"중요한 건 내가 당신 아기의 손가락을 찾아주었다는 거야."

[……?]

"그리고 당신과 당신 아기의 유골을 좋은 곳에 묻어줄 사
람……."

[나하고 아기?]

"이제 편히 쉬어야지. 그동안 너무 고생했어."

승우의 말은 악령에게 위로가 되었다. 치를 떨던 악령이 잠
잠해지는 게 그 증거였다.

[우리 아기를… 좋은 데다 묻어줄 거란 말이지?]

악령의 목소리가 살짝 떨고 있었다.

"약속하지. 그러니까 이 일에 얽힌 진실을 다 말해줘. 시
간이 많이 흘렀지만 정리해 줄게. 당신의 억울함도 밝혀주

고……."

[내 억울함?]

"당신 경우는 안됐지만 그렇다고 다른 사람까지 억울하게 만들면 안 돼. 정이순… 당신이 죽였다면 그 남편 박상천의 억울함은 밝혀줘야지."

[그놈이 뭐가 억울해? 그놈이 정이순을 죽인 건 아니지만 이철구는 그놈이 죽였어.]

"……?"

악령의 항변에 승우가 소스라쳤다. 이철구를 죽인 게 박상천이라고?

오, 마이 갓!

"그게 사실인가?"

[그래. 노신애……. 다 그 무당 짓이야. 이철구를 시켜 나를 죽이고 그 입을 막기 위해 박상천을 이용한 거야. 그들 둘은 다 정이순에게 마음이 있었거든. 나를 죽인 무당은 이철구가 심약하다는 게 마음에 걸렸어. 그래서 부적을 만들면서 입수한 독약을 술에다 타 이철구에게 먹였지. 그런 다음 박상천을 시켜 치웠어. 박상천 그놈은 그 직전에 무당 굿 덕분에 다리가 나은 데다 수고해 주면 딸까지 주겠다니 이철구를 수장했지. 그런데 그때 이철구는 아직 죽지 않았었어. 결국 물에 잠겨서 죽은 거니 박상천이 죽인 게 아니고 뭐야?]

"……!"

놀라운 사실이 또 하나 드러났다.

이철구 살해자는 박상천?

"그렇게 된 건가?"

[박상천, 그놈⋯ 제 다리 나을 욕심에 우리 아가의 손가락 담긴 상자에 입까지 맞췄어. 무당이 시킨다고 그대로 따라했다고!]

"그럼 이철구는⋯ 당신과 아기를 어떻게 죽인 거지?"

[고양이!]

악령이 돌아보자,

야옹!

언제 돌아왔는지 검은 고양이가 담장 위에서 울었다.

"고양이?"

[무당 노신애⋯ 나는 그년에게 속아서 이 집에서 허드렛일을 했어. 아기를 노린 계략인 줄도 모르고⋯⋯. 그러다 어느 날, 무당이 주는 음식을 먹고 잠이 들었어. 깨어나니 이틀 후. 아가 울음소리가 들렸어. 소리가 나는 신당으로 달려가 보니 손가락이 잘린 후였어. 내가 귀신에 쓰인 것 같아 우리 아가에게 장수신을 들게 해주려 했는데 아가가 작두를 만지다 잘렸다나?]

아기의 손가락 자른 과정이 나왔다. 엄마에게 약을 먹여 재우고 이틀 동안이나 굶긴 모양이었다.

"경찰에 신고하지 그랬나?"

[여기서 허드렛일 해주고 먹고 사는 처지였어. 아기 딸린 몸으로 어디 가서 일을 하겠어. 게다가 증거도 없었고······.]

"······."

[잘린 손가락 행방을 물었어. 무당이 말하길 근처에 떠돌던 검은 고양이가 먹었다는 거야. 그날부터 검은 고양이를 찾아다니기 시작했어. 아기의 손가락을 찾아야 했거든. 하지만 어쩐 일인지 고양이는 잘 보이지 않았어.]

자식을 향한 엄마의 염원, 그녀의 모성은 죽기 전에도 간절함의 극치에 도달한 모양이었다.

[아기가 아프기 시작했어. 내 몸도 따라 아팠어. 그러다 심한 몸살을 앓고 난 깊은 밤, 또 아기가 없는 거야. 그때 이철구가 말했어. 정화조 속에서 아기 울음소리가 나는 것 같다고. 달려가 뚜껑을 여는 순간, 이철구가 나를 밀었어. 나보다 먼저 빠져 있던 건 검은 고양이였어. 그리고··· 그 악마가 내 아기를 똥통에 처박았어. 아기를 건져 든 나는 애원을 했어. 나는 죽어도 좋으니 아기만을 살려달라고.]

"······."

[악마가 말했어. 죽기 전에 고양이 뱃속에서 아기 손가락이나 찾으라고. 네가 원하던 고양이니까 고마운 줄 알라고. 아기의 손은 작두가 아니라 무당과 자기가 잘랐다고. 그 손가락 덕분인지 영험함이 높아져 신통력이 높아졌다고··· 자기도 장가들게 생겼다고······.]

"……."

[그게 끝이었어. 정화조는 깊었고 고개를 들면 그놈이 작대기로 머리를 내리찍었어. 머리통이 깨져도 아기는 살리고 싶었지만… 결국 아기를 안은 채…….]

유은실의 머리는 그렇게 깨졌다.

빛은 결국 풀썩 자지러지고 말았다. 다시 회상해도 치가 떨리는 장면이 아닌가. 승우 역시 분노로 몸이 뜨거워져 있었다.

[죽어도 죽지 못했지. 그것들 씨를 말리지 않고는 하늘로 갈 수 없었어. 그래서 정화조에서 원귀가 되어 기회를 노렸지. 다행히 이철구는 쉬웠어. 무당이 제법 머리를 썼으니까. 무당은 검은고양이가 물어다 둔 내 사진을 보고 급살을 맞아 죽었지. 그리고 정이순 역시… 고양이를 통해 간질을 발작시킨 후 정화조로 유인했어. 그런 다음 고양이들이 뒤에서 밀었고… 뚜껑은 고양이들이…….]

"정화조는 노신애가 흙으로 덮었다던데 어떻게?"

[고양이… 그 녀석들이 나를 도왔지. 고양이도 원한에 사무쳤으니까.]

"아!"

말이 나오지 않았다.

숨도 쉴 수 없었다.

어떻게…….

승우는 그 말만을 되풀이했다. 어떻게 이런 일이……

이렇게 희생된 사람이 무려 다섯 명!

모자와 이철구 셋은 무당 노신애의 범죄.

노신애와 정이순은 아기 엄마 유은실 악령의 소행.

이철구 부모 또한 이 사건 덕분에 객사.

관련자만 장장 일곱!

묻혔던 진실이 맨살을 드러나는 순간, 승우는 휘청거리지
않을 수 없었다. 한 무당의 과욕이 빚어낸 참극이 십여 년을
넘게 이어진 것이다.

[그게 전부야.]

매듭을 짓는 악령의 모습은 홀가분해 보였다. 그렇기에 아
까처럼 사음함도 엿보이지 않았고 사나운 기세도 없었다.

"고마워. 다 말해줘서……."

[아니, 당신은 약속만 지키면 돼. 우리 아가를 좋은 곳에 묻
어준다는…….]

"당신도 함께 묻어줄 거니까 걱정하지 않아도 돼."

[나도?]

대답하는 악령의 목소리가 떨렸다.

"민민……."

그제야 승우가 민민을 불렀다.

"시작할까요?"

민민이 친디 앞에서 대꾸했다.

"그 전에 질문이 있다."

"말하세요."

"이들……. 그냥 풀어주면 어떻게 될까?"

"아저씨……."

"내 생각에는 이제는 악령이 아닌 거 같아서……."

"하지만 지금까지는……."

"네가 한 번 확인해 주면 안 될까?"

승우가 한 발 물러섰다. 민민은 잠시 주저하더니 악령 가까이로 날아갔다. 그런 다음 흰빛이 되어 악령의 형체 안으로 불쑥 들어갔다 나오기를 네 번이나 반복했다.

"아저씨 말이 맞는데요?"

악령 앞에 모습을 드러낸 민민이 말했다.

"그렇지?"

"그래서 풀어주라고요?"

"응!"

"좋아요, 이제 힘도 약해진 것 같으니 혹시라도 딴마음 먹고 덤벼도 문제없어요."

"쩨쭈 떤 바레."

이번에는 승우가 미얀마 말로 고마움을 전했다.

"떼이디!"

민민이 소리치자 검은 코끼리가 우렁찬 포효로 허공을 흔들었다. 그걸 신호로 악령을 속박하던 네 개의 링이 스르르 흩어졌다. 악령을 풀어준 것이다.

[고마워요.]

악령이 승우를 향해 공손하게 말했다.

"괜찮아. 다만 박주하에게는 해꼬지하면 안 돼. 알았지?"

[아기 손가락을 찾았으니 됐어요. 그것만 붙여주면 하늘로 갈 거예요.]

"오케이!"

승우가 응수하자 악령은 아기를 안은 채 얌전히 절을 올렸다. 그리고 긴 바람을 타고 홀연 사라졌다.

"갔어요."

민민이 어둠을 보며 말했다.

"고맙다. 이번 일도 네 덕이야."

"뭘요. 기습 작전은 아저씨 머리였잖아요."

"그거 괜찮았지?"

"가서 자요. 12시가 가까워요. 아저씨 피곤하겠어요."

"내 걱정해 주는 거냐?"

"아저씨도 내 걱정하잖아요."

"나 오늘도 꿀잠 가능?"

"그럼요."

민민이 가뜬하게 대답했다. 승우는 민민을 어깨에 달고 차로 향했다. 차 앞에서 돌아본 무당의 폐가는 아까보다 흉물스럽지 않았다. 악령의 기운이 사라진 것이다. 그리고 보니 음산한 메아리처럼 들리던 고양이 소리도 들리지 않았다.

부릉!

그래서일까? 시동 소리까지도 경쾌하게 들렸다. 승우는 직속 오 부장에게 간단한 경과 보고를 하고 페달을 밟았다.

*   *   *

이른 아침, 수사본부에서 최종정리 회의가 열렸다. 원래는 오전 10시로 계획된 일이었지만 그럴 필요가 없었다. 이심전심인지 수사관들이 일찌감치 출근한 까닭이었다.

승우는 일곱 시 반경에 지검에 도착했었다. 그러면서도 피곤하지 않았다. 슬슬 일에 대한 재미가 느껴졌다. 일에 대한 보람이 느껴졌다. 이제야 송승우, 사건 해결의 맛을 깨달은 것이다.

몇 가지 부검 결과가 넘어왔다.

우선 고양이.

화장실에서 나온 고양이 뼈는 놀랍게도 그 부근을 떠도는 고양이들과 같은 혈족으로 밝혀졌다. 그러니까 고양이들도 제 어미의 복수에 동참한 셈이었다. 물론, 승우는 내색하지 않았다. 따라서 수사관들에게 고양이 부검은 그냥 형식적인 것에 불과했다.

아울러 의미 있는 증거가 보강되었다.

바로 박달나무 작대기들이었다.

정화조에 빠진 유은실의 머리를 내려찍은 박달나무. 그게 석 반장이 수거한 것들 중에 섞여 있었다. 그리고 그 끝에서 유은실의 유전자가 나왔다. 이철구의 범행이 증명되는 순간이었다.

그리고 수사의 도화선이 되었던 정이순의 사망 원인도 대략 증명이 되었다.

단초는 그녀의 옷이었다. 당시의 부검 결과를 살펴보니 수거된 옷에 날카로운 발톱에 찢긴 자국이 있다는 기록이 있었다. 고양이들이 밀 때 생긴 자국이었다. 그러나 당시의 검경은 그녀가 유기될 때 끌린 자국으로 넘기고 말았다. 흔히 있을 수 있는 실수였다.

승우의 수사팀은 검은 고양이 몇 마리를 포획해 유사한 옷감으로 실험을 실시했다. 그런 다음에 분석을 맡겼더니 근사한 결과가 나왔다. 이로 인해 박상천은 일단, 아내인 정이순 살인죄에서는 벗어날 수 있게 되었다. 단지 정이순 살인죄에서는!

표면적으로는 청원에 부응하는 개가가 나온 셈이었다.

이에 대한 보조 설명은 당시 동원된 거짓말 탐지기 조사와 목격자 증언의 신빙성 분석에서 나왔다. 사건 초기 박상천은 아내 살해를 강력하게 부인했다. 그때 거짓말 탐지기의 결과는 판단불능이었다.

하지만 이후 계속적인 강압수사와 자책감으로 인해 박상천이 범행을 인정하는 바람에 주목받지 못했다.

또한 박상천의 택시가 돌아오는 걸 보았다는 목격자 진술.

그 또한 증거로써 허점이 있었다.

박상천이 모는 택시라고만 단정하고 있었지 차량 번호 같은 구체성이 부족했던 것.

아울러 정이순의 사체가 지나치게 부패하면서 간질을 파악하지 못한 게 수사진의 실수였다. 당시 간질이 재발된 정이순. 그가 간질 환자라는 걸 알았더라면 다각적인 수사가 가능할 일이었다.

하지만 박상천은 밤일을 하는 택시운전사.

정이순의 간질이 유은실의 악령에 의해 주로 밤에만 발현되었으므로 박상천과 어린 박주하가 인지하기는 어려운 일이었다.

어쨌거나 수사본부의 현관에 기재된 관련 사망자 수는 일곱 명. 이들 중 일단 이철구 부모님은 지워 버렸다. 이 사건과 연관이 있기는 하지만 살인은 아니었다. 사회적 파장을 줄이기 위해서도 특단의 조치가 필요했다.

커피는 권오길이 가져왔다.

한 잔씩 분배되자 유 계장이 정리를 시작했다.

"이철구 부검 결과는 가부검만 와 있습니다만 그 사체가 이철구라는 가정하에 개요를 짚어 작성한 보고서입니다."

승우는 앞에 놓인 경과 보고서를 바라보았다.

─정화조 살인 사건 재수사 보고서

그 아래 쓰인 부제가 승우의 눈을 파고들었다.

─젖먹이 손가락이 비극의 발단!

유 계장이 보고서를 읽기 시작했다.

"동 사건은 한 무속인으로부터 발단이 된 것으로 무당이 데리고 있던 이철구를 사주해 젖먹기의 손가락을 자르고 그 어머니인 유은실이 손가락 행방을 찾자 후환이 두려워 살해한 게 비극의 시작입니다. 이어 무당은 이철구의 변심을 의심해 독살한 후에 수장했습니다. 해묵어 덮여갈 뻔했던 이 사건은 무당의 딸인 정이순이 고양이 떼가 파헤쳐 입구가 드러난 정화조 안에서 사체로 발견됨으로 재수사에 착수한 바, 낡은 정화조 안에서 사체 2구, 그리고 인근 웅덩이에서 1구를 발굴해 얽히고설킨 진실을 밝히는 개가를 올렸습니다. 이들의 살해 원인은 모두에 설명한 바와 같습니다."

─살인범은 무당과 그 조수 이철구.

─정이순은 간질로 인한 발작으로 정화조 쪽으로 갔다가 고양이에 놀라 열린 뚜껑 안으로 떨어지며 실족사.

─살인범으로 복역한 박상천은 무죄.

무죄!

유 계장의 마지막 단어가 승우의 귀에서 뱅뱅 돌았다.

승우가 아는 진실과는 조금 다르지만 일반 국민을 상대로 하는 보고서로는 괜찮았다.

사실과 다른 건 박상천이 이철구의 사체를 유기한 걸 생략한 것.

그사이에 이철구 사체에서 독극물 반응이 나왔다. 오래된 사체지만 독극물 일부가 남아 있었다. 이로써 무당이 그를 독살했다는 뒷받침이 되었다.

짝짝짝!

수사진들은 승우에게 박수를 보냈다.

몇 가지 형식적인 확인이 남기는 했지만 이 사건은 해결된 것과 같았다. 이번에도 승우의 촉이 돋보였다. 낡은 정화조를 뒤집을 생각은 아무도 하지 못했다. 웅덩이에 묻힌 사체도 승우의 지시였다. 박수가 뜨겁지 않을 수 없었다.

"국과수 부검 결과 나오는 대로 보고서 완성시켜 주세요."

승우는 지시를 남기고 일어섰다.

표면적인 사건은 정리되었다. 하지만 그건 수사관들이 아는 진실이었다.

승우에게는 해결해야 할 진실이 따로 있었다.

박상천과의 담판!

*   *   *

박상천이 입원한 병원이 가까워지자 민민 생각이 났다. 민민의 아버지 이강순…… 물론 유전학상의 아버지다. 승우는 그 점을 분명히 했다. 정자만 제공하면 아버지란 말인가?

그는 단지 목적을 위해 뮤뮤를 속였고 그 덕분에 민민이 태어났다. 이후, 한 번도 민민을 찾지 않았고 호적에 올려주지도 않았으니 아버지라고 부를 이유도 없었다.

민민을 생각하면 그래서 마음이 아렸다. 살아 있기라도 하다면 좋은 아빠가 될 사람을 찾아보기라도 하련만 이미 영령이 되었으니 그 또한 불가능한 일.

그 마음이 박주하에게 옮겨갔다.

박주하의 아버지 박상천. 그는 박주하에게 어떤 의미일까? 사건의 개요로 봐서 박주하는 아버지의 정을 받지 못하고 자랐다. 그녀가 아홉 살 때 구속이 되었기 때문이다. 이후 그녀는 친척집에서 자랐다.

사실 그 이전으로 시계를 돌려도 그리 살가운 아버지는 아닐 것 같았다. 밤새워 택시를 몰던 박상천. 낮이라고 딸과 놀아줬을까?

그럼에도 박주하는 마지막에 혈육에 끌렸다. 엄마를 죽인 죄로 복역하던 아버지. 그 아버지가 마지막에 내민 손을 잡은 것이다. 아버지의 양심을 믿은 것이다.

양심…….

언젠가 엄마가 어린 승우에게 그 말을 했었다.

삼시충(三尸蟲)!

양심의 다른 말이다. 무속인인들은 이걸 마음을 지켜주는 귀신이라고 불렀다. 인간이 행하는 모든 일을 지켜보고 기록하는 귀신이다. 그러다 경신일이 되면 그 자료를 가지고 하늘로 간다. 중간보고를 가는 것이다. 하늘은 그 보고서를 기준으로 그 인간에게 원래 주어졌던 목숨줄의 길이를 결정한다. 선하게 살면 그대로 두고, 악하게 살면 목숨줄을 죄만큼 잘라낸다.

"그래서 사람은 착하게 살아야 하는 거란다."

엄마의 말이 오랜 기억 속에서 걸어 나왔다.

전에는 어쩌다 그 말이 떠올라도 비웃어 버렸다.

그까짓 무속, 고리타분한 걸 누가 믿는다고!

승우는 대놓고 엇나갔다. 더 많은 빠라끌리또를 만들었고, 그들과 향응을 즐겼다.

살면 얼마나 산다고?

나는 짧고 굵게 살 거야!

승우의 신조를 오랫동안 그랬다.

하지만 오늘 떠오른 삼시충의 의미는 사뭇 달랐다.

박상천…….

아버지의 양심으로 딸에게 전한 무죄의 결백과 억울함.

그건 맞았다.

하지만 그는 끝까지 교활했다. 커밍아웃을 하되 자기 필요한 부분만 한 것이다.

'이철구 살인범…….'

유은실의 혼령에 의하면 그랬다. 그는 이철구를 수장했다. 살인에는 그 어떤 이유도 허용되지 않는다. 은혜를 갚는다거나 사랑하는 여자를 차지하기 위한 것이라 해도 이유가 될 수 없었다.

그가 정녕, 죽음을 목전에 두고 양심의 가책을 느꼈다면 삼시충에 부끄럽지 않아야 했다. 승우는 그게 아쉬웠다. 어떤 인간은 이렇게, 죽음을 목전에 두고도 믿을 수 없는 것이다.

"가족이 아니면 면회 안 됩니다."

중환자실에서 수간호사가 말했다. 승우는 신분증을 내밀었다.

"중요한 일이 있어 만나야 합니다."

오만하게 굴지는 않았다.

"정신이 오락가락해요. 만나도 소용없을 거예요."

"그렇다면 더욱 만나야 합니다."

승우는 수간호사를 정면으로 바라보았다.

"할 수 없죠. 10분 드릴게요."

수간호사가 물러섰다.

"하아하악!"

박상천의 숨소리는 가빴다. 승우는 침대 쪽으로 다가섰다.

"나 기억하죠? 대답하기 힘들면 손을 펴는 걸로 대신하세요. 맞으면 펴고, 틀리면 쥐고……."

"하아하아……."

"아내 분… 당신이 죽이지 않았다는 걸 밝혔습니다."

승우의 말에 초점이 흐리던 박상천의 눈에 힘이 들어갔다.

"아내 분이 간질을 앓던 건 기억하시죠?"

박상천이 손을 폈다. 그렇다는 뜻이다.

"사망 당시에 재발하고 있었습니다. 알고 계시나요?"

"아뇨……."

박상천, 이번에는 손이 아니라 음성으로 대답했다. 자신의 결백이 밝혀졌다니 기운이 나는 모양이었다.

"간질이 재발되고 있었습니다. 그날도… 아마 간질이 발작되어 마당을 배회하다 옛날 정화조 쪽를 기웃거린 모양입니다. 그때 어쩐 일인지 뚜껑이 열려 있었고 고양이에 놀라 정화조에 빠진 것 같습니다."

"하아하아……."

"옷에 고양이 발톱에 긁힌 자국이 있었어요. 그러니까 정이순 씨는… 우발적인 사고로……."

"고맙……."

"그 건은 검찰을 대신해 사과드립니다. 회복하시면 국가를 상대로 손해배상을 청구할 수 있을 겁니다."

"하아하아……."

박상천의 눈가에 이슬이 고였다. 어쨌거나 10년의 형옥을 산 사람. 그 회한이 없을 리 없었다.

"그런데……."

승우, 잠시 숨을 고른 후에 말을 이었다. 이제야말로 승우가 온 목적이 나올 때였다.

"혹시 이거 아십니까?"

승우가 내민 건 젖아기의 말라비틀어진 손가락이었다.

"뭐… 죠?"

박상천이 턱을 세우며 물었다.

"유은실… 그 젖아기의 집게손가락!"

"윽!"

박상천은 바로 반응했다. 눈동자가 뒤틀린 것이다. 그리고 손을 쓸 사이도 없이 핏덩어리를 게워냈다.

"끄워어억! 끄어억!"

그가 가슴을 쥐어짜며 몸부림을 치자 의료진들이 달려왔다. 다행히 소동은 오래가지 않았다. 수 분이 지나자 진정이 되었다. 다만, 그걸 이유로 의사가 딴죽을 걸어왔다.

"더 이상의 면회는 불가능합니다. 자칫하면 환자가 사망할 수도……."

"그럼 선생님이 배석해서 응급조치를 하면 되겠군요. 저기 노련한 수간호사님도 함께."

"예?"

승우의 합리적인 제안에 의사와 수간호사가 미간을 구겼다. 그러거나 말거나 승우는 말을 이어나갔다. 이미 죽음을 목전에 둔 사람, 지금이 아니면 영영 기회가 없을 일이었다.

"아는군요?"

"……."

박상천은 대답하지 않았다. 손도 반응이 없었다.

"언덕 위의 웅덩이에서 사체가 나왔습니다. 아마 무당 노신애의 조수였던 장구잽이 이철구로 생각합니다만……."

거기서 박상천은 눈을 감아버렸다. 끼어들 구실을 찾던 의료진들도 기가 꺾였다. 사체가 언급되었기 때문이었다.

"두 분… 바쁘시면 가셔서 일 보시죠?"

승우가 의료진을 돌아보았다. 둘은 잘됐다는 듯 큼큼 헛기침을 하고 물러섰다. 그들이 멀어진 걸 확인한 승우가 심문을 이어갔다.

"전해 들은 말에 의하면 그가 사라지기 직전에 당신 다리가 나왔다더군요."

"……."

"그 사체에 돌을 세 개나 눌렀던데… 누가 그랬을까요?"

"……."

"무당은 여자라 사체를 옮기기는 힘들었을 테고… 박주하는 아직 이 사실을 모르고 있습니다."

"……."

"그 사체를 옮긴 사람이 협조만 하면 박주하에게는 영영 말하지 않을 생각입니다만……."

"……."

"아니면… 그 사람이 위중한 환자라서 법정에 세울 수 없을지언정 영장을 청구하는 수밖에……."

"내가……."

승우의 말이 다 끝나기 전에 박상천이 끼어들었다.

"내가 그랬소."

박상천, 마침내 스스로 자백을 했다.

"따님에게 이 이야기는 하지 않았죠?"

"예……."

"이해는 합니다."

"아뇨. 이해 못 합니다."

"……?"

"그 손가락… 어디서 났습니까?"

박상천의 시선이 헐겁게 올라왔다.

"뒷마당에서요. 아주 단단하게 묻었더군요."

"장모님……."

웅얼거리는 박상천의 눈가에서 눈물이 흘러내렸다.

"하아하아!"

박상천은 잠시 허덕거렸다. 치밀어 오르는 회한을 만난 모양이었다. 그러다 박상천… 목에 걸린 가래를 넘기고 말을 이었다.

"죄송합니다."

"……."

"말하지 않은 게 있는 게 사실입니다. 주제에 애비라고 딸년 보기 부끄러운 일들은 감추고 싶어서……."

박상천의 목소리가 또렷해지고 있었다.

"하지만 이철구를 죽인 건 제가 아닙니다."

"박상천 씨!"

이미 악령의 말을 들은 승우, 박상천의 주의를 환기시켰다.

"검사님은 제가 죽였다고 생각하고 있군요?"

"탐문 수사에서 그런 증언이 나왔습니다."

"증언?"

박상천의 눈동자가 휘둥그레졌다.

"세상에는 눈이 많은 법입니다. 완전범죄라는 건 없지요."

"누굽… 니까?"

"증인은 법에 의해 보호받을 권리가 있습니다."

"하긴… 그렇게 오해할 수도 있겠지요. 누군가 그 밤에 나를 보았다면……."

'오해?'

"이렇게 된 거 다 말씀드리지요. 다만… 제 딸에게는……."

"그건 약속합니다."

"그러니까, 그때……."

박상천의 눈이 헐렁하게 허공을 더듬었다. 눈에 안개가 낀다. 그의 눈은 과거로 무섭게 달리고 있었다.

"장모님께서… 그때는 아직 장모가 아니었지요. 어느 날 앉은뱅이인 저를 불렀습니다. 머잖아 신명이 오를 테니 그때 신굿을 하면 다리가 나을 거라더니 아마 그날이 그때였지 싶습니다."

허공에 시선을 고정한 박상천, 계속 과거의 기억을 당겨왔다.

"그때나 지금이나 가난한 저는 돈이 없었습니다. 그런데 그분이… 굿값을 받지 않고 다리를 고쳐 주었습니다. 태주께서 신기(神氣)를 내렸다나요? 그 말이 꼭 맞아 신기하게도 앉은뱅이에서 벗어나게 되었습니다."

"그때 신기가 담긴 상자를 만지며 소원을 빌라고 했겠지요?"

"아시는군요."

"그 상자에 담긴 게 바로 이 손가락이었습니다. 그때는 채 핏물도 다 마르지 않은……."

"……."

"……."

"몰랐습니다. 그저 마음을 다해 빌면 이루어진다기에……."

"계속하세요."

"그리고 다시 얼마 후… 깊은 밤에 장모님이 전갈을 보내왔습니다. 만사를 제치고 달려갔지요. 그랬더니 거기 옷감을 둘둘 말은 무엇이 있었습니다. 아주 컸는데 기분이 좋지 않았어요."

"몰랐단 말입니까? 그게 뭔지?"

"예!"

"박상천 씨!"

"장모님은 돼지라고 말했습니다. 산 돼지의 반을 잘라 무신들에게 고사를 지냈다고… 누가 보면 부정이 타니 아무도 몰래 치워야 한다고……."

'돼지?'

이해는 되었다. 무당에 따라 돼지를 업고 춤을 추는 사람이 있었기 때문이었다.

"언덕 위의 웅덩이, 그곳이 맞춤하니 거기다 수장하라고 했어요. 역시 나중에라도 떠오르면 부정이 타서 겨우 나은 다리가 앉은뱅이로 돌아갈지 모르니 아무도 모르게 하라고……."

"정말 몰랐다는 겁니까?"

"아뇨!"

박상천은 고개를 저었다. 승우의 눈이 칼바람을 뿜었다. 아니라니? 그럼 인지하고 있었다는 얘기가 아닌가?

"솔직히 처음에는 몰랐는데… 야심한 밤, 절뚝이는 발을 끌고 간신히 웅덩이에 도착한 후에 수장하려고 돌을 매달다보니 사람 같더군요. 만져지는 볼륨감이라는 게……."

"그럼 결국 안 거 아닙니까?"

"모르고 옮겼지만 감이 왔으니 결국은 알았다는 게 옳겠군
요. 하지만… 입을 벙긋하면 부정 탄다는 말이 양심을 막았습
니다. 저는 그냥 돼지로 생각하기로 했고… 그렇게 평생을 살
았습니다."

박상천의 입에서 깊은 한숨이 나왔다.

"예, 맞습니다. 저는 그게 돼지인 줄 알고 시작한 일입니다.
하지만 나중에 사람일지도 모른다는 생각이 들었고 더 나중
에는 이철구가 실종되자 생각이 거기에 미치게 되었지만… 그
때는 장모님이 집사람과 혼인까지 맺어주기로 한 터라……."

"아내 분은 당신보다 조금 늦게 간질이 나았지요?"

"예. 장모님의 신통력이 하늘을 찌르던 그때……."

"그 신통력의 영매가 무엇인지는 알겠지요."

"……."

"그때 수장하는 게 사람인 줄 인지하고 있었다면 살인죄요,
인지하지 못하고 있었다고 해도 최소한 사체 유기죄, 나아가
당시 사망하지 않은 사람을 수장했다면 두 가지 다 처벌받아
야 합니다."

"그렇군요."

"그런 죄는 감추고… 오직 아내를 죽이지 않았다는 것만 내
세웠습니다."

"그렇군요."

"진실을 밝히고 싶었다면 진실 그 이전의 진실부터 밝혔어야죠."

승우의 목소리는 낮았지만 준엄했다.

"거기 묻힌 게 정말 이철구였습니까?"

"지금 부검 중입니다만 그가 아니면 누구겠습니까?"

"……"

"이철구는 당신 장모와 작당하고 젖먹이 아기를 훔쳐 손가락을 잘랐습니다. 무당의 영험함을 높일 욕심으로 말이죠. 그것도 모자라 가엾은 모녀를 당신 아내가 빠져 죽은 정화조에 처넣어 살해했고요."

"맙소사!"

"당신은 당신 아내를 죽이지 않았지만 어쩌면……"

승우는 깊은 숨과 함께 말꼬리를 이었다.

"억울하게 먼저 죽은 모녀의 원귀가 당신 아내를 정화조로 당긴 건지도 모르겠습니다."

"원귀?"

"장모도 그 정화조 앞에서 죽었다죠?"

"예……"

"어쩌면 그 원귀… 당신의 다리와 정이순을 탐낸 이철구의 욕망을 심판하고, 허튼 방법으로 신을 모독한 당신 장모까지 징치한 건지도 모르죠. 죽어서는 법의 심판을 기대하기 어려우니까."

승우의 목소리는 묵직했다. 죽음을 눈앞에 둔 까닭에 법정에 세울 수도 없는 사람, 그러니 이 자리가 바로 재판정인 셈이었다.

"어쩌면 당신 장모… 당신에게 정화조를 흙으로 덮으라고 했을 것 같군요. 그렇죠? 그리고 영원히 건드리지 말라했을 테고, 그래서 그 집도 딸에게 물려준 걸 테고……."

"……."

"이유는 부정이 탄다든가 하면서……."

"……."

"역시 그렇군요. 그런데 고양이들이 그 흙을 파냈지요? 당신 장모는 그게 영원히 흙에 덮여 죄를 감추고자 했을 텐데……."

"……."

"그 흙을 판 고양이들도 복수를 한 겁니다. 그 고양이들의 조상 하나가 정화조에 묻혔거든요."

"아아, 그래서… 그래서 그 고양이들이 쫓고 쫓아도 가지 않고……."

박상천의 어깨가 부서질 듯 떨렸다.

"약속대로 딸에게는 말하지 않겠습니다. 판단은 당신 몫이니까."

그 말을 끝으로 승우는 발길을 돌렸다. 자신을 위해 끝까지 진실을 회피한 사람들. 그로 인해 커질 대로 커진 비극.

그러나 박상천은 아내의 살인범으로 몰려 복역을 했다. 어찌 보면 대가를 치른 셈이기도 했다. 죄의 이름이 다르긴 했지만.

"검사님……."

중환자실을 나오자 박주하가 보였다. 학교가 끝나자마자 온 건지 교복 차림이었다. 승우는 박주하의 어깨를 툭 쳐 주고 지나쳤다. 표면적인 수사 결과에 대해서는 유 계장이 이미 통보를 했을 일이었다.

"고맙습니다!"

박주하의 인사가 승우를 따라왔다. 그리고… 오래지 않아 간호사가 뛰어나왔다.

"박상천 씨 보호자 계세요? 곧 운명하실 거 같아요."

"아빠!"

박주하가 울면서 병실로 뛰었다. 엘리베이터까지 온 승우, 거기서 중환자실을 돌아보았다.

박상천, 그는 어떤 길을 택할까?

박주하에게 끝까지 비밀을 지킬까?

승우는 잠시 생각했다.

영험함을 얻고 나아가 딸의 간질을 고치기 위해 남의 젖먹이 손가락을 자르고 모녀를 죽인 무당.

예쁜 여자를 얻기 위해 살인도 마다하지 않은 이철구.

무당의 지시를 의아해하면서도 자기 이익을 위해 입을 다물고 아내의 살인에 대해서는 결백을 주장한 박상천…….

다 위선자들이었다.

인면수심의 위선자들…….

그러고 보면 법의 심판이란, 최소한에 불과했다.

최소한, 그 최소한의 한편에 검사 송승우가 서 있다. 승우, 어쩐지 자꾸 겸허해졌다.

어두침침한 지하 주차장에 들어서자 민민이 생각났다. 그래도 민민을 부르지는 않았다. 손목을 쳐다보지도 않았다. 아기가 관련된 사건이라 민민과 정서적으로 연결되는 까닭이었다. 그러고 보니, 제 자식 사랑스럽지 않은 부모는 없는 모양이었다.

아, 이강순은 빼고.

해묵은 사건을 해결했지만 가뜬하지 않았다. 희생자가 많았기 때문이었다.

승우는 사체안치소로 향했다.

마지막 과제가 있었다.

철컹!

화장을 기다리는 유골이 나왔다. 부검이 끝난, 아니 부검이랄 것도 없는… 검지가 잘린 젖아기의 손에 잘린 손가락을 이어주었다.

'부디 좋은 곳으로 가기를……'

두 손을 모았다.

'영령들에게는 산 자의 기도가 희망이 되어요.'

민민의 말을 또렷이 생각하면서.

어쩌면 이번 사건의 가장 큰 희생자였을 아기… 세상이 무엇인지도 모를 아기. 오래전에 잃었던 손가락이 제자리로 돌아오자 아가의 뼈에 잠시 광채가 일었다.

[고맙습니다!]

광채의 빛이 바래지는 순간, 허공에서, 아기 엄마의 목소리가 아련하게 들려왔다.

정화조 살인 사건이 마무리되는 순간이었다.

8장

신(神)방울과
동심원 부적

"수고했어!"

대검에 다녀온 지검장은 잔뜩 고무되어 있었다. 오 부장 말로는 거기서 청와대 참모들을 만났단다. 그들이 대신한 높은 분의 치하를 들었으니 구름 위에 뜬 것처럼 보였다. 부록으로 따라붙은 조기호는 덩달아 엄지를 세워 보였다. 그 손은 승우의 눈에 들어오지 않았다.

보도는 원래 구상한 발표용 시나리오대로 나갔다. 진실보다는 정서를 고려한 '민심용' 카드를 선택한 까닭이었다.

사실 정화조 사건의 주범은 무당 노신애인 셈이었다. 그녀의 욕심이 참극을 불러왔다. 영험한 신통력에 눈이 멀어 앞뒤를 가리지 않았다.

거짓말이라는 게 그렇다. 그걸 가리기 위해 또 다른 거짓말을 지어내야 한다. 무당 역시 젖아기 손가락을 자른 걸 숨기려다 더 많은 걸 숨겨야 하는 처지에 직면하고 만 것이다.

결국은 그녀가 구하고자 했던 간질병의 정이순을 구한 게 아니라 비극으로 내몰았다.

무당으로서는 사필귀정이었지만 정이순은 애꿎은 피해를 입은 셈. 과욕이 부른 참사였다.

어쨌거나 높은 분들 시각에서는 박상천의 누명(?)이 벗겨진 셈. 그들은 결과에만 취하고 있었다.

"각하께서도 흡족해 하셨다더군."

지검장의 목소리는 들떠 있었다.

"받으시게."

그리고 금일봉 두 개를 꺼내주었다.

"총장님이 주시더군. 나도 하나 보탰네. 내 이런 인재를 진작 못 알아보고 말이야… 허헛."

지검장은 혼자서도 잘 놀았다. 승우가 아무 말을 안 해도 입이 닫힐 사이가 없었다.

"근간 저녁이나 같이하자고. 오늘 먹었으면 좋겠는데 장관실에서 부르셔서 말이지."

지검장은 벌겋게 상기된 얼굴로 306호실을 돌아 나갔다.

"지검장님, 기분이 하늘을 찌르지?"

옆에 있던 오 부장이 물었다.

"예."

"진짜 고생 많았어. 수사관들도……."

"아닙니다. 다 부장님이 전격 지원을 해주셔서……."

"저녁에 회식인가?"

"예? 예."

승우가 대답했다. 그렇잖아도 수사관들과 소주나 한잔 기울이자는 말을 나누던 참이었다.

"그럼 이따가 오후에 잠깐 나랑 나가자고."

"어딜?"

"뭐 반가운 자리는 아닌데, 송 검사도 법원 친구들과 관계 개선할 필요도 있고 하니……."

'법원?'

미간이 구겨졌다. 지검과 법원 관계야 늘 그렇지만 특히 승우의 경우에는 더 나빴다.

"그럼 이따 보세."

오 부장은 손을 들어 보이고 복도로 나갔다. 뒤따라나가는 조기호를 승우가 잡았다.

"조 검사, 바쁘네?"

슬쩍 염장부터 지른다.

"바쁘긴요……."

"칭찬도 많이 받은 모양인데 협찬 좀 해."

"협찬요?"

"알면서 왜 그래? 저깟 금일봉이 얼마나 된다고. 우리 입이 얼마야? 현장에서 고생하던 의경 애들 머릿수 못 봤어?"

"그걸 왜 우리가 챙깁니까?"

"그럼 누가 챙겨? 다음부터 조 검사가 사체 수색할 거야? 똥통도 직접 뒤지고?"

"아, 선배님은 말을 해도……."

"빨리 꺼내. 노고 많았다고 협찬 받았을 거 아냐?"

승우가 손을 내밀자 조기호는 마지못해 봉투를 꺼내주었다. 깊은 곳에서 뽑는 걸 보니 쓸 만한 빠라들이 왔다간 모양이었다.

당연하다. 그들은 늘 기회를 노리고 있다. 자연스럽게 왔다 갈 찬스를…….

"땡큐, 가 봐."

봉투를 받아 든 승우가 조기호의 등을 밀었다.

"지검장님, 좋아 죽으시는데요?"

잠시 후에 유 계장이 다가왔다.

"그러게요. 재주는 곰이 넘고 쩐은 왕서방이 챙긴다더니……."

창가에 있던 차도형의 볼멘소리가 이어졌다.

"억울하면 출세를 해요. 맨날 뒷담화까지 말고……."

유 계장이 애정 어린 핀잔을 날렸다.

"아따, 계장님. 수사관이 기고 닐아야 사무관 아닙니까? 잘 알면서……."

차도형은 지지 않고 응수했다.

"반장님!"

승우는 책상에서 입도 벙긋하지 않는 석 반장을 불렀다.

"예!"

석 반장이 고개를 돌렸다. 대답까지도 흡사 곰 목소리 같았다.

"이거 정화조하고 웅덩이 사체 찾느라 고생한 담당 서에 피자라도 몇 판씩 돌려주세요. 모르긴 해도 그 정도는 될 겁니다."

승우, 지검장이 주고 간 금일봉과 조기호에게서 우려낸 것을 건네주었다.

"아이고, 왜 이런?"

"의경 애들이 고생 많이 했잖아요? 우린 이걸로 충분할 거 같아서요."

승우가 남은 봉투 하나를 보여주며 웃었다. 그때 승우의 핸드폰이 바삐 벨소리를 울려댔다.

디롱다라랑!

"계장님, 예약은 이 봉투에다 맞춰주세요. 이런 건 먹어서 없애는 게 맞죠?"

봉투 안을 확인도 안 한 승우, 남은 하나를 유 계장에게 건

네주며 전화를 받았다.

"이모?"

전화기 속의 인물은 이모였다.

—바쁘니?

목소리는 나직했다. 그녀, 승우가 자신을 별로 좋아하지 않는다는 걸 알고 있기 때문이었다. 이모는 지검 앞에 와 있었다. 시계를 보니 11시를 넘은 시간.

"거기 옆에 보면 칡냉면집 있습니다. 맛이 괜찮으니 들어가 계세요."

승우는 전화를 끊었다.

이모……

책상에 앉아 잠시 생각에 잠겼다. 엄마가 죽은 후로 연락을 끊었던 사람. 검사에 임용되자 축하 전화가 왔지만 그때도 말없이 전화를 끊은 승우였다.

싫었다.

엄마와 관련된 모든 것들.

무당과 관련된 모든 것들이……

하지만 지금은 아니었다. 게다가 젖히기 손가락 일로 먼저 전화를 했던 승우가 아닌가?

"먼저 좀 나가겠습니다."

승우는 유 계장을 돌아보고 복도로 나섰다.

"계장님, 얼마 들었습니까?"

승우가 나가자 차도형이 고개를 쏙 빼들었다.

"어이구, 저 속물… 지금 그게 중요해?"

유 계장이 눈을 흘겼다.

"왜요? 다들 궁금하지 않나요? 난 초등학교 때부터 금일봉 안에 얼마가 들었나 궁금했다고요."

차도형이 권오길과 나수미를 돌아보며 동의를 구했다. 유 계장을 의식한 둘은 아무 반응도 하지 않았다.

"송 검사님 말이야… 전 같으면 이거 가지고 뭐 하겠어?"

유 계장이 봉투를 흔들었다.

"그야 선후배들 불러서 고급 요정이나 룸에 가서 진탕……"

"그렇지. 거기다 후원자들 불러서 2차 뽀지게 쏘게 하고……"

"……"

"그런데 이걸 날 주고 갔잖아? 게다가 조 검사님까지 털어서 석 반장님에게……"

"에이, 이제 이게 우리 검사님 본모습이에요. 그러니 과거는 잊어주시라고요."

슬며시 다가온 차도형, 결국 봉투를 낚아채고 말았다.

"얼마예요?"

궁금하기는 권오길과 나수미도 마찬가지인 모양이다. 둘은 어느새 차도형의 곁에서 목을 빼고 있었다.

"울라? 꼴랑 30만 원……."

차도형이 5만 원 권 여섯 장을 흔들었다.

"반장님은요?"

석 반장을 돌아보는 권오길. 석경태는 투박한 손으로 봉투를 열었다. 그가 꺼내 흔든 것도 역시 5만 원 권 여섯 장이었다. 그러나 반전이 있었다.

바로 조기호의 봉투.

그 안에서 빳빳한 백만 원권 수표 세 장이 나왔다. 피자깨나 살 수 있을 거라는 승우의 짐작이 딱 맞아떨어지는 순간이었다.

$$* \qquad * \qquad *$$

"송 검사……."

승우를 본 이모는 눈물부터 글썽거렸다.

"드세요!"

안면 있는 주인에게 부탁해 작은 내실 하나를 얻은 승우가 냉면을 챙겨주었다.

"방송에 나오는 거 봤어."

"……."

"언니가 얼마나 좋아할까?"

이모의 손수건에 눈물이 툭 떨어졌다.

"잘라드릴까요?"

가위를 든 승우가 물었다. 이모는 그저 바라볼 뿐 대답하지 않았다. 승우는 냉면 허리를 숭덩 잘랐다.

"결혼은?"

"생각 없어요. 얼른 드세요."

"응, 송 검사도 많이 먹어."

이모가 메인 목소리로 말했다.

그래도 냉면인 게 다행이었다. 차가운 데다 물냉면 육수가 괜찮아 뻑뻑하지 않게 넘어갔다.

"이제… 엄마에 대한 미움은 가셨어?"

육수를 깔짝깔짝 마시던 이모가 조심스레 입을 열었다.

"이모!"

승우가 파득 고개를 들었다.

"응?"

그러자 긴장으로 얼굴이 구겨지는 강세희.

"이제 엄마 미워하지 않아요. 무당에 대한 스트레스도 사라졌고요. 그러니 그렇게 조심하지 않아도 돼요."

"진짜?"

"예!"

승우, 기꺼이 대답해 주었다.

"진짜지?"

그래도 거듭 물어보는 이모. 진짜라는데도 두 눈은 아까보다 더 질퍽한 모습이었다.

"그렇다니까요. 그러니 뭐든지 다 말하세요. 우리 둘이서는 무슨 말도 괜찮습니다. 이모잖아요."

"송 검사……."

이모의 눈을 막고 있던 수도꼭지가 열렸다. 원래 잔정이 많던 이모였다. 그동안 승우가 모질게 굴어 다가올 기회가 없었던 탓일 뿐이었다. 그 장벽이 사라지자 연민과 회한이 쓰나미로 밀려드는 모양이었다.

"닦으세요. 그동안 죄송했습니다."

승우가 냅킨을 내밀었다.

"아니야. 나는 송 검사 이해해. 언니도 그랬어. 송 검사가 원하는 대로 해주라고. 참고 기다리면 언젠가는 옛날의 착한 승우로 돌아올 거라고……."

"엄마가요?"

"응, 그때가 되면 이거 전해주라고 했는데……."

이모가 가방을 열었다. 그녀가 꺼낸 건 주먹만 한 오동나무 상자였다. 세월의 냄새가 은은히 풍겨 나왔다.

"뭐죠?"

"몰라. 나도 안 열어봤어. 언니가 송 검사만 열어봐야 한다고 해서……."

손때가 낀 상자가 승우 손에 건네졌다. 세월에 삭은 나무 냄새는 나쁘지 않았다.

"이설… 엄마가요?"

"응."

"뭘까요?"

승우는 상자를 손바닥에 올려놓았다.

"나중에 조용한 데서 열어봐. 그 말도 전하라고 했거든."

'조용한 데?'

"아무튼 너무 좋다. 이런 날이 오다니… 우리 언니, 진짜 용하다니까……."

"……."

"미안. 엄마가 무당이라는 거 다른 사람이 아는 거 싫어하지?"

"……."

"냉면 먹자. 묵은 숙제를 했더니 속이 다 시원하네."

이모, 언제 눈물을 떨구었냐는 듯 입가에 미소가 피어났다.

"가끔 연락해도 돼?"

깔끔하게 냉면을 비운 이모가 물었다.

"그럼요. 이모."

승우는 고개를 끄덕여 주었다.

"냉면값은 내가 낼게. 이제 보니 검사가 되었는데도 밥 한 번 못 샀잖아?"

"그랬나요?"

"당연하지. 내가 그때 얼마나 속이 아팠는데……."

"그럼 내세요. 잘 먹었습니다."

승우는 이모에게 계산을 양보해 주었다.

"들어가 봐. 바쁠 텐데……."

소형차 앞에서 이모가 말했다. 하얀색 경차. 피부가 뽀얀 이모에게 잘 어울리는 색이었다. 이모는 몇 번이고 손을 흔들며 떠나갔다.

승우는 그 자리에 오래 서 있었다. 이모 얼굴에서 번져난 엄마 때문이었다. 많이도 닮은 두 사람. 얼굴도 체구도 성격도… 심지어는 무속에 빠진 것까지도 닮은꼴이었다.

승우의 시선은 오동나무 상자로 향했다. 바랜 나무에 햇빛이 떨어지자 더 오래된 느낌이 들었다. 승우는 상자를 들어 냄새를 맡았다. 엄마 냄새가 났다. 그러다, 손목에 시선이 닿았다. 승우는 가만히 손목을 내렸다.

엄마… 민민의 엄마 뮤뮤…….

'괜찮아요.'

질주하는 차량들의 경적 사이로 민민의 목소리가 아련하게 끼어들었다.

괜찮아요.

그 말에서 힌트를 얻은 듯 승우, 멀어지는 이모의 차를 향해 가만히 읊조렸다.

이모, 나도 이젠 괜찮아요.

그럼요!

콧날이 그제야 시큰해 왔다.

승우가 표정을 가다듬고 지검에 들어설 때였다. 로비로 올라가는 계단에서 초로의 할머니 하나가 승우에게 말을 걸었다.

"총각⋯⋯."

총각?

푸훗!

참 소박한 분이었다. 검찰청에서 검사에게 총각이라니?

"네."

승우는 웃으며 대답했다.

"여기가 검찰청 맞아요?"

"그런데요. 무슨 일로 오셨습니까?"

"이 사람 좀 만나러 왔는데⋯⋯."

할머니가 속곳 주머니를 뒤져 종이 하나를 꺼냈다. 꼬깃꼬깃 접은 종이였다.

ㅡ송승우 검사.

종이에 쓰여진 건 승우의 이름이었다.

"내가 촌구석에서 와서 뭘 알아야지? 게다가 까막눈이라 눈뜬 봉사라오."

"⋯⋯."

"미안하지만 어딜 가야 그 양반을 만날 수 있어요?"

할머니는 고단과 시름이 가득 배인 눈으로 승우를 바라보았다.

"왜 그러시는데요?"

승우가 물었다.

"얼마 전에 그 양반이 억울하게 누명 쓴 사람 누명을 풀어 줬다고 해서 왔어요. 우리 아들도 나이 열아홉에 엄한 살인죄를 뒤집어쓰고 깜빵 살다 나와서… 억울함에 못 이겨 자살을 했다오. 장가도 못 간 몸이라 용한 무당 찾아가 굿을 했는데 그 무당 말이 그 검사님 찾아가면 억울함을 풀어줄 거라고 해서…….."

"……!"

"송승우 검사님, 식사하셨어요?"

그때 식사를 마치고 오던 수사관 하나가 산통을 깨고 말았다.

"송승우 검사님?"

할머니의 눈이 승우에게 건너왔다.

"……."

"……."

허공에서 마주친 두 시선은 어색하기만 했다. 할머니도 그렇고 승우도 그랬다.

"따라오세요. 제가 송승우입니다."

승우, 별수 없이 할머니의 사연을 듣게 되었다.

하지만 나 듣지는 못했다. 어느 정도 얘기가 진행되나 싶을 때 오 부장의 전화가 왔기 때문이었다.

"우리 계장님께 말씀드리고 가세요. 그럼 제가 잘 알아보겠습니다."

승우는 할머니를 달래고 일어섰다.

"잘 부탁드립니다!"

할머니는 의자에서 일어나 허리가 부러져라 인사를 해댔다.

이때까지만 해도 승우는 할머니에 대해 그리 신경 쓰지 않았다.

"……?"

오 부장과 동행한 승우는 눈앞에 등장한 건물을 보고 고개를 들었다. 건물은 대학병원의 장례식장이었다.

"부장님……."

"아, 잠깐 들리자고. 지법에서 부장판사로 퇴임한 이만홍 판사 있지? 그 양반이 변호사로 있다가 어제 사망했잖아. 지법 판사들이 많이 올 거 같아서 말이야……."

"그래서 법원이라고 하셨군요?"

"송 검사가 법원에서 평판이 안 좋잖아? 그런 꼬리표 따라다니면 일하는 데 좋을 거 없거든."

오 부장이 승우를 밀었다. 별수 없이 장례식장으로 들어섰다.

이만홍 부장판사…….

사실 승우는 잘 모르는 사람이었다. 얼마 전에 부장판사가
하나가 퇴임하면서 변호사 개업한다며 명함을 돌렸지만 신경
쓰지 않았다. 전관예우를 바라는 얼굴 알리기. 당시만 해도
승우는 그런 것에 관심이 없었다. 날마다 새로운 유흥거리를
찾아내기에도 바빴던 것이다.

노세 노세 젊어서 노세.

하루가 짧은 승우였었다.

"어, 오 부장님!"

문상을 하고 돌아서자 한 판사가 알은체를 해왔다.

'젠장!'

승우, 낭패였다. 하필이면 이광국 판사와 마주친 것이다. 이
광국, 법원 판사들 중에서도 승우에게 맺힌 게 많을 사람이었
다.

"어이쿠, 이게 누구요? 송 검사?

그가 알아보자 승우는 가만히 묵례로 답했다.

그에게 깽판을 부린 게 몇 달 전이었다. 승우에게 꼬리치는
빠라끌리또 때문이었다. 동업자 손 좀 봐달라는 부탁을 받고
영장을 청구한 승우. 이광국이 도주 우려가 없다고 영장을 기
각하자 달려가 법원 책상을 들었다 났다 했던 것.

"우리 송 검사 옛날 송 검사 아니라오. 방송 봤죠?"

오 부장이 나서 승우를 띄웠다.

"하긴 저도 좀 의아하던 참이었습니다. 내가 아는 송 검사가 맞는지……."

넌지시 딴죽을 거는 이광국. 아직 감정이 가신 기색은 아니었다.

"자자, 자리에 앉읍시다."

오 부장이 이광국을 당겼다. 셋은 중견 판사들이 식사를 하는 옆 테이블에 앉았다. 덕분에 그 판사들과도 인사를 나누게 되었다.

"이야, 송승우 검사가 누군가 했더니 이 양반이었구만."

부장판사들이 지나가는 인사말로 승우를 맞았다.

"……!"

의례적인 묵례를 하던 승우, 의미 없이 스쳐 가던 시선이 강학봉 부장판사 앞에서 벼락처럼 멈췄다.

'영기?'

촉이 벼락처럼 섰다.

승우는 시선을 가다듬었다. 분명 생자에게서 느껴지는 것과 다른 감이 감지되었다. 하지만 미약했다. 여기는 장례식장. 여기저기서 진동하는 죽음의 냄새 때문일 수도 있었다.

'착각인가?'

승우는 시선을 거두었다. 그때, 말쑥한 수재형 청년이 식판을 들고 다가섰다.

"어이쿠, 수혁이가 제일 열심이군. 나도 저런 아들 하나 낳

앉어야 했는데⋯⋯."

가운데 앉은 부장판사 하나가 반색을 했다.

"강 부장 아들이지? 올해 서울대 공대 갔다고?"

또 다른 부장이 끼어들었다.

"많이 드세요!"

보아하니 아버지를 따라와 배식을 돕는 모양.

그런데⋯⋯.

그가 식판을 놓을 때 승우는 또 한 번의 영기(靈氣)를 느끼고 말았다.

앞에 앉은 강학봉에게서 감지된 것과 유사한 느낌, 그러나 더 강하고 어두운 느낌. 연속되는 영기에 놀란 승우가 손에 들었던 음료수 잔을 떨구고 말았다.

챙강!

물 잔이 떨어지며 박살이 났다.

"왜 그러나?"

옆자리의 오 부장이 물었다.

"아, 아닙니다. 잔이 미끄러워서⋯⋯."

승우는 고개를 저었다. 착각이 분명했다. 장례식장이라 그런 것이다.

그렇게 마음을 달래며 돌아보니, 판사의 아들은 저만치 사라지고 없었다.

"자, 그럼 회식하러 갈까요? 장소는 흑돼지 갈비집입니다."

퇴근 무렵 유 계장이 일어서며 말했다. 방금 돌아온 승우는 보고서를 보다가 고개를 들었다. 시간은 여섯 시를 막 지나고 있었다.

"흑돼지 갈비요? 이 근처가 아닌 거 같네?"

승우가 물었다.

"웬 걸요. 저쪽 기사식당 뒤에 짱 박혀 있는데 생각보다 먹을 만합니다. 그 왜 점 보는 집 골목 있잖습니까?"

유 계장이 설명을 덧붙였다.

"점 보는 집요?"

단어와 함께 점심때 일이 생각났다. 글자를 모른다던 할머니…….

"아, 아까 그 할머니는 어떻게 됐어요?"

"그분요? 진짜 알아보시게요?"

"별일 아니던가요?"

"글쎄요. 교도소 간 사람치고 억울하지 않은 사람이 있어야 말이죠. 그래도 할머니가 여기까지 온 정성을 봐서 찾아보긴 했는데……."

유 계장이 책상에서 종이 한 장을 집어 내밀었다.

담임 여교사 성추행 살인 사건.

담임 여교사!

제목은 마음에 들지 않았다.

"담임 여교사라고요?"

"예. 미모의 여교사인데……. 발령받은 지 1년 반 만에 살해
당한 사건이더군요. 정확히 말하면 사고 당시는 담임이 아니
고요 직전년도 학년 때 잠시 담임을 맡았는데 기사 제목을 그
렇게 뽑았더군요. 기소문 보니 범인이 범행 일체를 자백했고
개연성도 충분한 사건이었습니다."

"그럼 뭐가 억울하다는 거였나요?"

"그거야 자기 아들은 그 여선생을 죽이지 않았다는 건데…
여선생을 따라다니는 모습을 본 목격자들이 여럿입니다. 아
마 믿고 싶지 않은 부모의 마음이겠지요."

"그래요……."

승우는 제목을 한 번 더 훑어보고 종이를 내려놓았다.

무당. 애당초 그 단어에 마음이 쓰여 모셨던 할머니. 아무
리 검사라지만 지나간 모든 사건을 돌아볼 수는 없는 일이었
다.

"위하여!"

작은 방 하나를 차지한 승우네 팀은 목청을 높이며 술잔을

들었다. 사건은 자그마치 저 높은 곳에서 하달되었던 것. 그걸 해결하고 마시는 술은 술술 잘도 들어갔다.

"이번에 다들 고생 많았습니다. 특히 석 반장님이 온지 얼마 안 됐는데 손발을 잘 맞춰주셔서 큰 힘이 되었습니다."

승우는 수사관 하나하나의 공을 빼먹지 않고 챙겨주었다.

"어이쿠, 별말씀을입죠. 그나저나 경찰서에 피자를 트럭으로 쏴줬더니 다들 감격하더군입쇼."

석 반장이 뒷목을 긁으며 답했다.

"에이, 감격이라뇨? 아까는 우리한테는 검찰청이 총 맞았냐고 물었다더니……."

유 계장이 눈을 흘겼다. 석 반장에게 보내는 우정의 표시였다.

"직원 숫자에 비해 모자라지는 않았고요?"

승우가 물었다.

"아이고, 그만하면 황공합죠. 더구나 검사님이 챙겨준 것이니 아마 목이 메었을 겁쇼?"

그 말에는 복잡한 뉘앙스가 담겨 있었다.

여전히 관계가 좋지 않은 검찰과 경찰. 하지만 지금 석 반장 말은 승우를 씹으려는 의도가 아니었다.

"어이, 권오길이, 술 좀 가득 채워. 이러니 장가를 못 가지?"

술잔을 받은 유 계장이 권오길에게 핀잔을 날려다.

"에이, 계장님은… 술하고 장가가 무슨 상관입니까? 게다가

간 때문에 입원했다 퇴원하신 지 얼마나 지났다고……."

"왜 상관이 없어? 남자라면 그저 맺고 끊는 맛이 있어야지. 이건 뭐 채운 것도 아니고 비운 것도 아니고……."

"요즘은 다 그렇게 마신다고요. 누가 잔을 가득 채웁니까? 노땅이나 그러지……."

권오길은 지지 않았다.

"결혼 때문이면 요 옆 점집에 가봐요. 민원실 여직원이 그러는데 아주 용하다던데요?"

잠자코 있던 나수미가 끼어들었다.

"점집? 그런 거라면 우리 검사님이 전문인데 뭐 하러 먼 데로 가?"

술잔을 비운 차도형이 승우를 바라보았다.

"나?"

"예. 무당이나 점이나 오십 보 백 보 아닙니까?"

"어머, 맞다. 검사님, 저런 집은 믿을 만한 건가요?"

나수미까지 가세를 했다.

점집…….

오다 보니 오색 깃발이 걸려 있었다. 승우는 고개를 저었다.

제대로 된 사람이라면 사람 키 두 배만 한 깃대에 하얀 무명천 하나 거는 게 그들의 예법이다. 그러니 오색 깃발이나 도사, 족집게 운운하는 곳이라면 정통 무속이라기보다 장삿속일 가능성이 컸다.

"그럼 검사님이 잘 아는 무당 없어요? 다른 사람은 몰라도 검사님이 소개해 주면 한 번 볼 의향이 있는데……."

승우의 설명을 들은 나수미가 고개를 내밀었다.

"그런 거 다 필요 없어. 그저 나처럼 이거 하나면……."

안주를 넘긴 유 계장이 내민 건 달마도였다.

"에? 계장님도 이런 거 믿으세요?"

권오길이 물었다.

"내가 믿는 건 아니고 마누라 극성에 넣고 다니는 거야. 뭐라더라? 이게 도력 깊은 스님이 그린 거라네. 그리고 이건 달마도의 일인자가 그린 거고……."

달마도는 한 장이 아니었다.

"우와, 구경 좀 시켜주세요."

나수미와 권오길이 유 계장 옆으로 몰려들었다. 승우의 시선도 달마도로 향했다.

그림에서 염력이 엿보였다. 둘 다 그랬다. 그런데 유 계장기보다 세보였다.

"잠깐 쥐 보세요."

그림을 받아 든 승우, 구경하는 척하며 하나를 불판에 놓아 버렸다.

"어머!"

놀란 나수미가 소리를 지르는 사이에 그림은 화르르 타버리고 말았다.

"어, 이거 죄송해서 어쩌죠?"

승우는 시치미를 떼고 미안한 표정을 지었다.

"아, 검사님도… 이거 우리 마누라님이 알면 바로 이건데……."

유 계장은 손으로 자기 목을 그었다.

"미안합니다. 제가 나중에 하나 구해다 드리죠."

"됐습니다. 까짓것 종이 한 장 가지고……. 마누라가 지갑 뒤지지는 않으니 술이나 한잔 받으세요."

유 계장은 승우를 탓하지 않았다.

사실 승우는 의도적이었다. 엄마의 말 때문이었다.

부적이 필요한 사람은 분명 있다고 했다. 그런데 용하다는 곳마다 찾아다니며 온갖 부적을 다 챙기는 경우는 오히려 해롭다고 했다.

부적끼리 내뿜는 영기가 혼탁해지면서 마를 부른다는 것.

달마도 같은 것도 예외는 아니었다. 그렇기에 유 계장을 위해 한 장을 치워 기의 평형을 맞춰주었다. 시시콜콜 설명할 수는 없는 일이므로.

어쩌다 보니 주제는 자꾸 무속으로 치달았다.

이번 사건 때문이었다. 젖먹이 손가락 때문에 모녀를 죽이도록 사주한 무당. 무당이 화두에 오르다보니 이야기가 가지를 쳐댔다.

'무속은 시대에 뒤떨어진 미신!'

한참을 달리다 결론이 거기에 닿았다.

"저길 좀 보시죠."

무속을 어떻게 생각하느냐는 차도형의 질문에 승우는 벽 모서리를 가리켰다. 거기 마른 북어가 실에 매달려 있었다.

"차 수사관, 작년에 차 사면서 고사 지냈지?"

"예……."

"왜 그랬어?"

"그야, 그러면 마음이 편해지고 다들 권하니까……."

"나도 무속에 대해서는 잘은 모르지만 민속 신앙이던 무속은 아직 우리 생활에 저렇게 많이 남아 있어. 하지만 무속은 이미 안방을 외제 신들에게 내준 지 오래되었지. 아니, 문간방으로 밀린 신세도 모자라 지금은 헛간이나 지하실로 쫓겨난 거라고 할까?"

"어머, 그 표현 죽이는데요?"

나수미가 관심을 보였다.

"굿이다 부적이다 하니 무속을 터부시하는 풍조가 퍼졌는데 그거 알아? 세계보건기구, 즉 WHO에서도 인간의 건강 정의에 영적 안녕을 명문으로 적시하고 있다는 거……."

"정말요?"

바로 묻는 것도 나수미였다.

"나도 최근에 알았는데 이런 말이 있어. Spiritual well

being, 영적 안녕……. 무당들이 귀신을 쫓는 것도 영적 안녕을 유지하려는 의식이지."

딱히 무속을 띄우려는 건 아니었다. 그저 눈에 띈 정보를 말해줄 뿐.

"이야, 역시!"

따악!

차도형이 손가락 튕김 소리를 내며 공감을 표했다.

"이게 재미난 건 정작 서양에서는 우리 무속과 같은 점성가들이 대우를 받고 있다는 사실이야. 저 유명한 히틀러는 점성가 하누센에게 정책을 상담했고 처칠도 여자 점성술사 해리스와 상담했지. 스탈린, 드골도 예외는 아니었어. 최근에는 미테랑 대통령도 테시에라는 점성가와 국정 전반을 의논했다고 할 정도였으니까."

"예에?"

너무 많이 나간 걸까? 수사관들 눈이 동시에 휘둥그레졌다.

"뭐, 그렇다는 얘깁니다. 어차피 정치 얘기와 종교 얘기는 각자 신념에 따라가는 거니까 이쯤 하죠?"

승우는 거기서 매듭을 지었다. 자칫하다 작두 타는 얘기로까지 옮겨가면 밤을 샐지도 몰랐다.

갑자기 무속에 호기심에 발동한 나수미가 결국 승우에게 딴죽을 걸고 나왔다.

"그럼 검사님… 그거 말이에요. 텔레비전 보면 무당들이 날

선 작두에 맨발로 올라가 춤추는 거요. 그거 진짜인가요? 모양만 작두지 사실은 눈속임 무딘 날이죠?"

"쉿!"

승우, 질문을 받기 무섭게 손가락으로 입을 막았다.

"왜요?"

그러자 나수미의 호기심이 더 커졌다.

"그거 커터칼보다 더 잘 드는 날이야. 그러니 무당들이 들으면 그냥 있겠어? 진짜 용한 무당은 그 날을 혀로 스윽 핥으며 작두날의 독을 진정시킨다던데 그 혀로 나수미 씨를 핥으면?"

스윽!

"까악!"

나수미의 비명과 함께 술자리가 끝났다.

*　　　　*　　　　*

집으로 돌아오니 자정이 가까웠다. 술 마신 날치고는 선방이었다. 아니, 초저녁이라고 할 만했다. 음주량도 모범적이었다. 집으로 오면서 거의 다 깰 정도였으니⋯⋯.

사실 수사관들을 데리고 더 마실 수도 있었다. 조기호에게도 유혹이 날아왔다. 하지만 승우는 할 일이 있었다.

집에 들어서기 무섭게 오동나무 상자를 꺼냈다.

엄마는 이 안에 무얼 남긴 걸까?

가만히 들고 보니 오동의 향이 더 진해졌다.

"오동은 종이야. 수십만 개의 종이 달린 나무야."

어린 날 오동나무를 올려보며 말하던 엄마가 거기 있었다. 오동꽃은 보라색이었다. 엄마가 따준 꽃을 보니 정말 종 모양이었다.

"오동나무는 종을 치는데 그 종소리가 들릴 때 소원을 빌면 이루어진단다. 자시에 부적을 놓고 간절하게 빌면 더 잘 이루어진단다."

잊었던 엄마의 말들이 종소리가 되어 스며들었다.
'엄마……'
뚜껑을 열려던 승우 눈에 손목의 민민이 들어왔다. 그러고 보니 불이 너무 밝았다.
"같이 보자."
승우는 불을 꺼버렸다.
덜컥 암흑이 내린 방 안. 승우의 손이 오동나무 상자를 들었다.
"민민."
"네."

"여기 뭐가 들었을까?"

"글쎄요……?"

"너 엄마한테 선물 받아봤지?"

"네."

"뭐가 제일 기억에 남아?"

"음… 초콜릿요."

민민이 파동을 그리며 대답했다.

"그게 제일 좋았어?"

"네!"

"그럼 이 안에서 초콜릿이 나오면 좋겠다."

"나 주려고요?"

"나오기만 하면. 그런데… 너는 못 먹잖아?"

"쳇, 나도 먹을 수 있어요."

"진짜?"

"그럼요. 단지 산 사람이 먹는 것과 다를 뿐이라고요."

"대박!"

승우의 눈이 확 커졌다. 그러고 보니 까맣게 잊고 있었다. 영령도 음식을 먹는다. 그래서 제사를 지내지 않는가?

영령들이 먹고 간 음식은 맛이 없어진다고 했었다. 한 번도 믿은 적은 없지만, 그건 면면히 전해오는 이야기의 하나였다.

그걸 까먹고 있다니…….

승우는 기분이 좋아졌다.

"아저씨도 초콜릿 좋아해요?"

"그럼. 어릴 때는……."

승우의 손이 뚜껑으로 다가갔다. 구리로 만들어진 작은 경첩은 푸른 녹이 두텁게 슬어 있었다. 그것만 봐도 이모가 손도 대지 않았다는 증거가 되었다.

그리고… 푸른 녹을 떨구며 뚜껑이 살짝 들리는 순간.

"앗!"

민민이 본능적으로 방어 자세를 취했다.

파아앙!

승우는 어쩔 사이도 없이 엄청난 파동이 밀려나왔다.

"……!"

움찔 몸이 밀린 승우는 소파에 기대 눈을 떴다.

"영기예요, 엄청난 힘이에요."

허공으로 날아오른 민민이 소리쳤다.

"그런데……."

이어지는 민민의 목소리…….

"나쁜 영기는 아니에요."

공중에 떠 있던 민민이 소리 없이 내려왔다.

승우는 소파에 밀린 채 상자를 보고 있었다.

겨우 입이 벌어진 상자. 그러나 그 안에서 밀려나오는 엄청난 기세.

승우도 이제 알았다. 그게 보통 물건이 아니라는 걸. 그리고 또 알았다. 그 기세가 승우를 해칠 건 아니라는 걸. 민민의 말처럼, 그건 악령의 악기(惡氣)가 아니었다.

엄마…….

영기에서 엄마의 기운이 느껴졌다. 어쩌면 그 안에 엄마가 들어 있는 것 같았다.

승우는 천천히 손을 내밀어 뚜껑을 열어젖혔다.

빛이 터졌다.

천지가 개벽하듯 터져 나왔다. 눈이 부셔 그냥을 볼 수 없는 창대한 빛이었다.

'아아!'

빛무리에 눈이 먼 듯 고정된 승우, 신음이 저절로 새어 나올 때 빛 안에서 한 사람이 걸어 나왔다. 하얀 빛으로 승화된 그 사람…….

바로 승우의 엄마였다.

우웅!

흰 빛은 동심원을 이루며 부드럽게 퍼졌다. 맴돌다 스러지고 또 맴돌다가 스러지는 동심원. 돌기를 이룬 원은 신령스럽게, 영험하게 면면히 이어져 갔다.

승우야!

빛이 출렁거렸다. 승우는 자석에 끌리는 쇳덩이처럼 다가섰다. 빛이 다가와 승우를 물들였다.

엄마…….

머릿속에서 그 단어가 맴돌았다. 상자에서 나온 동심원처럼 맴맴……

그리고 빛이 가물거리더니 순식간에 상자 안으로 스러졌다.

상자 안에 남은 건 엄마가 쓰던 신(神)방울과 동심원 부적이었다.

신물(神物)이었다.

『빠라끌리또』4권에 계속…

이경영 판타지 장편소설

FANTASY FRONTIER SPIRIT

그라니트

용들의 땅

GRANITE

사고로 위장된 사건에 의해 동료를 모두 잃고 서로를 만나게 된 '치프'와 '데스디아'.
사건의 이면에 상식을 벗어난 음모가 있음을 알게 된 둘은
동료들의 죽음을 가슴에 새긴 채 각자의 고향으로 돌아간다.
2년 후, 뜻하지 않게 다시 만난 두 사람은 동료들의 복수를 위해
개척용역회사 '그라니트 용역'을 설립해 다시금 그 땅을 찾게 되는데……

용들이 지배하는 땅 그라니트!
그곳에서 펼쳐지는 고대로부터 이어지는 운명적 만남,
깊어지는 오해, 그리고 채워지는 상처.

『가즈 나이트』시리즈 이경영 작가의 미래형 판타지 신작!

Book Publishing CHUNGEORAM

유행이 아닌 자유추구 -
WWW. chungeoram.com

FUSION FANTASTIC STORY

인기영 장편소설

리턴 레이드 헌터

Return Raid Hunter

하늘에 출현한 거대한 여인의 형상……
그것은 멸망의 전조였다.

『리턴 레이드 헌터』

창공을 메운 초거대 외계인들과
세상의 초인들이 격돌하는 그 순간.
인류의 패배와 함께 11년 전으로 회귀한 전율!

과연 그는, 세계의 멸망을 막을 수 있을 것인가.

**세계 멸망을 향한 카운트다운 속에서 피어나는
그의 전율스러운 이야기!**

Book Publishing CHUNGEORAM

유행이 아닌 자유추구 -
WWW.chungeoram.com